Das Fernrohr

Arnulfs neuntes Abenteuer

Eine Geschichte aus Bergisch-Bachland

niedergeschrieben von Bernd Kietzmann

Personenregister

Arnulf – Freiherr von Bergisch-Bachland

Antje – Freifrau von Bergisch Bachland

Karls – Ein alter Freund

Gunda – Eine Fährtensucherin aus den Bergen

Jergo – Ein junger Fährtensucherlehrling

Baptiste – Arnulfs neuer Diener

Sven – der Bannwart von der niederen Seite

Der Vogt

Jan Dankinstorn – ein bekannter Kunstschmied

Erik der Schmied

Gülz Erzheber – ein Zwerg am Grenzweg

Zwerg – Inhaber einer Schleiferei in Trollingfurth

General Tandes – Kommandant der Festung

Sonnenfeld

Korporal Verbà – Wachhabender auf der Grenzwarte

Anamelia – eine Hexe aus Ylsten

Holger - ein Pfandleiher aus Rohweiden

Über dem Kreuzweg

Arnulf sah aus seinem geliebten Turmfenster des Jagdschlosses in die Ferne. Von dort konnte er weit in die Ebene von Ylsten schauen. Bei gutem Wetter sah man sogar recht deutlich die Einzelheiten der Festungsstadt Ylstenbyrg. Der Freiherr konnte dort stundenlang sitzen und in die Ebene schauen. Das empfand er als entspannend, denn er wusste, dass alles, was dort geschah, noch eine Zeit brauchen würde, um ihn hier zu erreichen. Manche Ereignisse dort zogen auch einfach spurlos an den Bergen vorüber, das waren ihm die Liebsten.

Er konnte aber auch wesentlich dichter, ein Stück des Kreuzweges beobachten.

Dort verzweigte sich der Grenzweg und führte nach Ylstenbyrg.

An diesem wichtigen Punkt gingen im Augenblick Bauarbeiten mit enormer Geschwindigkeit voran.

An dieser Kreuzung entstand zu den Füssen des Jagdschlosses ein Dorf. Leider war diese neue Ansiedlung im Grunde jetzt schon zu klein für die vielen herbeiströmenden Bewohner.

Die neuen Bewohner hatten für diesen Flecken natürlich einen Namen erfinden müssen. Jedes Ding brauchte schließlich einen Namen. So war eines Tages der Name "Unterschlosshausen" in Umlauf gekommen. Dieser Name

gefiel Arnulf nicht unbedingt, er war ihm zu sperrig. Aber es war schon zu spät, diese schnell wachsende Siedlung noch einmal umzubenennen.
Der Freiherr war trotz des Namens ganz zufrieden damit. Weniger zufrieden war er mit dem inzwischen wiederholten Besuch von Botschaftern seines Königs. Der anscheinend nicht ganz so glücklich war, mit dem was hier entstand. Wahrscheinlich hatte man auf dem Sommerfeld gewisse Befürchtungen, langsam, aber sicher, ins Hintertreffen zu geraten.
Alle Reisenden aus Ylsten und von den Kreuzwindwiesen mussten hier erst einmal durchkommen, wenn sie zum König von Bergisch-Bachland wollten. Sogar wenn sie nach Trollingfurth am Großen Grauen wollten, war hier die Möglichkeit den Postweg über die Berge zu nehmen. Am Grenzweg deckten sich die Reisenden mit Proviant für ihren Weg ein und verbrachten ein oder zwei Nächte in den inzwischen zahlreichen Wirtshäusern in der Umgebung. Es gab natürlich auch inzwischen viele Möglichkeiten die Pferde zu wechseln und oder einen Wagen beim Stellmacher reparieren zu lassen.
Umgekehrt hatte sich die Reisenden aus Trollingfurth inzwischen angewöhnt, die kürzeren Postwege über die Berge zu nutzen, um die Ebene zu erreichen und oder nach Wairnasund zu ziehen. Und sie konnten schon hier mit dem, was sie mitbrachten, handeln!

Arnulf musste zugeben, dass seine beiden Kunstschmiede einen beträchtlichen Anteil daran hatten, dass es hier so großen Zulauf gab.
Sie hatten sich ganz ohne fremdes Zutun in der Gegend einen Namen gemacht. Er verfolgte das sehr aufmerksam.
Natürlich wollte er sie nicht wieder von irgendjemand abwerben lassen.
Doch etwas anderes ging ihm in letzter Zeit ständig durch den Kopf. Etwas, das schon lange in ihm schlummerte.
Es war eine ganze Weile her, als er einmal, noch um etliche Jahre jünger, auf dem Kreuzwindfeld in einem der Wachtürme festgehalten worden war. Er hatte mit seinem Sohn und dem Söldner Karls dort für viel Unruhe gesorgt.
Das missfiel den dort Herrschenden ziemlich und sie hatten die drei schließlich in Gewahrsam genommen. Dort auf dem Turm hatte er von den Fernrohren erfahren, mit dem die Soldaten das große Reich von Wairnasund überwachten.
Sie waren dort sehr stolz auf diese neueste Errungenschaft der Technik, auf dieser Seite der Welt. Der Sage nach waren sie auf der anderen Seite der Welt, gerade was solche Errungenschaften betraf, schon um einiges weiter. Aber es waren eben nur Sagen und Geschichten, die niemand bestätigen konnte.
Kurz und Gut, er wollte auch so ein Gerät mit geschliffenen Linsen besitzen!
Vielleicht lag es auch daran, dass seine Augen nicht mehr so gut waren, wie noch vor ein paar Jahren. Der Zahn der Zeit

nagte inzwischen fühlbar an ihm, das war eben der ganz normale Gang der Welt!
Arnulf wusste auch, dass man ein toter Mann war, wenn man versuchte, so ein Gerät von dort zu stehlen und außer Landes zu schaffen.
Man durfte sich einfach nicht erwischen lassen! Aber es war ausgeschlossen, in einer Nacht, zum nächst stehenden Turm zu gelangen. Er würde über kurz oder lang von der Turmwache gesehen werden. Damit gab es keinen Überraschungsmoment.
Aber vielleicht suchte er auch in der falschen Richtung? Wie lange konnte man so eine bahnbrechende Erfindung vor der Welt verbergen und verschließen?
Er musste sich bei den Reisenden umhören. Vielleicht hatte jemand ein Gerücht gehört, oder von Glasschleifern, die irgendwo in erreichbarer Ferne ihr Handwerk betrieben?
Der Wunsch nach so einem Gerät saß wie ein Stachel mit Widerhaken fest in Arnulfs Inneren. Er musste um seiner selbst willen etwas unternehmen! Die Ungeduld nagte an ihm. Er konnte nicht einmal sagen, warum ihm das so wichtig war. Unbestreitbar war es aber natürlich ein Vorteil, so ein Fernrohr zu besitzen!
Sein Ansinnen durfte natürlich nicht öffentlich werden. Das konnte gefährlich für ihn werden und seinem Leben ein jähes Ende bereiten. Die Besitzer dieser Instrumente in Wairnasund waren sehr bedacht darauf, diesen Vorteil gegenüber anderen zu behalten. Dabei waren sie auch nicht

zimperlich, wenn sie befürchteten, dass jemand ihnen so ein Fernrohr vielleicht abjagte.
Wem konnte er also in dieser Frage vertrauen?
Karls war inzwischen schon wieder einmal weiter gezogen. Er wollte am Großen Grauen zum wiederholten Male sein Glück versuchen. Vielleicht sollte er seinem Freund eine Nachricht schicken? Der Hüne kannte sich aus in der Welt, denn er war als Söldner und Seemann schon weit herumgekommen. Wahrscheinlich wäre aber ein persönlicher Besuch bei seinem alten Kampfgefährten noch besser.
Aber zuerst sollte er ihm eine Vorwarnung schicken! Er hatte Angst, Karls in einer Situation zu finden, die für sie beide ungünstig wäre. Er kannte ihn immerhin schon lange und hatte ihn durch viele Höhen und Tiefen begleitet.
Der Freiherr beschloss nun, das Unternehmen nicht weiter auf die lange Bank zu schieben und ihn in naher Zukunft zu besuchen. Das war im Augenblick seiner Meinung nach die beste Idee.
In der Ebene der Kreuzwindwiesen umherzuschleichen war unsinnig. Dort würde er schnell Aufmerksamkeit auf sich ziehen und den Rest seiner Tage in einem Verließ verbringen. Die Wachtürme dort waren mit diesen Fernrohren schließlich ausgerüstet.
Er wusste aus eigener Erfahrung, dass ihnen kaum etwas entging.
Arnulf erhob sich schließlich seufzend und beschloss sich unten am Grenzweg ein wenig umzusehen.

Er nahm sich ein Pferd und war in zehn Minuten dort. Einige seiner Hunde folgten ihm kläffend und so sahen ihm die Leute aufmerksam entgegen.
Sie verneigten sich vor ihm, wenn sie den Freiherrn erkannten. Das war Arnulf nach wie vor unangenehm. Doch die einfachen Menschen waren es gewöhnt, sich vor jemanden zu verneigen.
Er winkte ihnen flüchtig zu und sie gingen wieder ihrer Wege, sie hatten ihm gegenüber ihre Schuldigkeit getan.
Der Freiherr sah sich aufmerksam um.
Hier in Unterschlosshausen am Kreuzweg sah alles neu aus, also um einiges besser, als bei ihm oben im Jagdschloss. Die Bewohner der neuen Ansiedlung waren aber noch emsig beschäftigt sich einzurichten.
In der Mitte des entstehenden Dorfes, direkt an der Kreuzung nach Ylstenbyrg, wurde im Augenblick eine Poststation errichtet. Der König hatte Arnulf eine persönliche Botschaft geschickt und darum gebeten, eigentlich eher gefordert, dass dort eine Raststätte entstünde.
Dem Ansinnen des Königs war Arnulf sofort gefolgt, denn er hatte auch schon an ähnliches gedacht. Doch er konnte nicht dem Herrscher vorgreifen, schließlich waren die Poststationen in Bergisch-Bachland eine Passion des Königs.
Der Herr über die Hohen und Niederen Berge war der Meinung, dass mit diesen Stationen die Zukunft in sein Reich einzog. Diese Idee fand der Freiherr etwas kindisch, aber Wulfenghar war immer noch der König. Außerdem war ein solches Netz von ausgebauten Wegen in den Bergen eine

hilfreiche Sache. So konnte man bei schlechten Wetter immer Schutz in einer der Stationen finden.
Zu seiner Überraschung sah der Freiherr eine Gruppe Zwerge ganz zwanglos durch die Baustellen schlendern. Ihr Ziel war aber ganz offensichtlich der Kunstschmied, der sich erst kürzlich hier niedergelassen hatte. Es hieß, er hatte den langen Weg vom Gelben Meer, bis zu den Bergen gemacht, um unterzutauchen. Niemand wusste allerdings, vor wem er auf der Flucht sein sollte. Das wurde aber ohnehin früher oder später öffentlich werden.
Die Zwerge blieben eine Weile leise diskutierend vor der Werkstatt stehen.
Arnulf stieg von seinem Pferd ab und näherte sich zu Fuß der nagelneuen Werkstatt von Jan Dankinstorn, dem Schmied. Es roch nach frischem Holz.
Der Blick des Freiherrn ruhte interessiert auf den Zwergen.
Jan der Schmied sah sich eher als Kunstschmied, aber zur Not würde er natürlich auch ein Hufeisen schmieden, wenn dazu die Notwendigkeit bestand, das wusste Arnulf.
Die Zwerge hatten sich wohl entschlossen mit diesem Mann zu reden. Sie schienen erstaunlicherweise seinen Ruf irgendwoher zu kennen.
Nachdrücklich pochten sie gegen sein Tor.
Der Schmied trat nach einiger Zeit vor seine Werkstatt und sah überrascht auf die sich ihm entgegendrängenden Zwerge. Sie hielten sich nicht lange mit der Begrüßung auf und bedrängten ihn sogleich mit Fragen, ob er dieses oder

jenes schon einmal bearbeitet habe und welches Feuer er dazu genommen hatte.
Jan Dankinstorn erkannte den Freiherrn im Hintergrund und verneigte sich leicht in dessen Richtung. Die Zwerge drehten sich sogleich zu ihm um und betrachteten den Herren über dieses Stück Land neugierig. Sogleich wurde auch er von ihnen ausgefragt.
"Warst du nicht früher Fährtensucher des Königs, Herr?" Der Zwerg hatte eine recht tiefe Stimme für seine Größe und verneigte sich. Eigentlich war das eine ungemein unhöfliche Frage, doch Arnulf sah darüber hinweg. Zurückhaltung gehörte nicht unbedingt zu den Tugenden der Zwerge, das war ihm bekannt.
"Warum fragst du, wenn du es doch weißt", gab Arnulf schroff die Frage zurück. Wollte der Zwerg etwas andeuten?
"Ich wollte Euch nicht verletzen Herr, " entschuldigte sich der Zwerg sofort. Arnulf winkte ab.
"Ist schließlich die Wahrheit, aber meine Herren, was treibt euch hierher?"
"Der Ruf dieses Schmiedes ließ uns aufbrechen, um zu sehen, ob sein Können wirklich so unglaublich ist, wie man am Gelben Meer sagt. Er hat schließlich mit den Meistern im Palast des Königs in Wairnasund gearbeitet!"
Arnulf überlegte ob er sich jetzt beeindruckt zeigen sollte. Warum war er dann hierher in die Berge gekommen. Das musste doch in seinen Augen tiefste Provinz sein! Darauf gab es eigentlich nur eine Antwort, er war vor irgendetwas geflohen!

Dem Schmied war das Interesse der Zwerge vor dem Freiherrn unangenehm. Aber andrerseits fühlte er sich auch sichtlich geschmeichelt.
"Wie kommt es, mein Herr, dass sogar die Zwerge euren Namen kennen?"
"Mein Name ist Jan Dankinstorn, Herr. Ich stehe Euch zu diensten." Er verneigte sich leicht vor dem Freiherrn. Aber die Frage wollte er wohl nicht beantworten, hatte Arnulf das Gefühl. Ihm fiel im gleichen Atemzug sein Vorhaben wieder ein.
Arnulf wendete sich den Zwergen zu, denn an sie hatte er eine wichtige Frage.
"Sagt mir ihr Herren, seid ihr in der Lage Glas zu schmelzen und zu schleifen?"
Er sah dabei aber den Kunstschmied fest an, um herauszufinden, wie er darauf reagierte.
Die Zwerge warfen sich indessen zweifelnde Blick zu, als wäre der Freiherr nicht ganz bei klarem Verstande. Sie sahen sich stumm in die Augen und zogen die buschigen Augenbrauen in die Höhe. Vielleicht vermuteten sie sogar eine Falle. Der älteste der Zwerge begann zögerlich zu sprechen.
"Äh, ihr wisst doch sicherlich, das der Herrscher von Wairnasund jeden töten lässt, der sich mit dem Handwerk des Glasschleifens außerhalb des Palastes beschäftigt!"
Arnulf wusste das zwar nicht, aber er nickte verstehend.
"Aber er kann doch nicht überall seine Spione haben!"

"Da möget Ihr wohl Recht haben, Herr. Man könnte ja auf der anderen Seite der Berge sein Glück versuchen. Hinter Turmstadt am Großen Grauen sollen sie sogar Brenngläser benutzen, um feindliche Schiffe vor ihrem Hafen zu versenken. Diese Linsen können Feuer ausbrechen lassen, natürlich nur wenn die Sonne im richtigen Winkel steht."
Der Zwerg sah sofort, dass der Freiherr ihm das nicht glaubte. "Das habe ich jedenfalls gehört, Herr. Von meinen Verwandten dort Mütterlicherseits."
Das war Arnulf neu, klang aber beinahe zu unglaubwürdig, als das er das ernst nehmen konnte. Aber es hörte sich doch auch vielversprechend an, fand er. Er gratulierte sich innerlich für seinen Entschluss, seinem Freund an diesem Tag eine Botschaft geschickt zu haben. Es würden sicherlich einige Wochen vergehen, bis er eine Antwort erhalten würde. Der erste Schritt war jedenfalls getan.
Arnulf hatte aber auch Zweifel, ob sein Bote Karls überhaupt fand. Er hatte deshalb jemanden geschickt, der Karls schon einige Male gesehen hatte. Es blieb im Augenblick nur abzuwarten. Das war allerdings etwas, was Arnulf nicht lag. Zu viele Probleme türmten sich vor ihm auf, die man nicht mit abwarten lösen konnte.
Die Zukunft des Königreiches Bergisch-Bachland stand einmal mehr auf des Messers Schneide.
Er hatte Nachrichten vom Sonnenfeld bekommen, das der König sehr krank sei und Königin Sylvia nun schon ganz offen versuchte, die Geschäfte von Bergisch-Bachland zu übernehmen. Er hatte auch Nachrichten erhalten, dass die

Königin schon geheime Besuche von einigen Verwandten bekommen hatte, die sicherlich versuchten, Einfluss auf die Königin zu nehmen. Diese Nachrichten waren allesamt beunruhigend. Das der König so plötzlich schwer erkrankte, ließ doch einige schlimme Befürchtungen in dem Freiherrn aufkommen!
Zwar befand er sich in der Peripherie des Königreiches, doch seine bescheidenen Erfolge beim Aufbau dieser Region hatten schon Begehrlichkeiten bei so einigen Edelleuten erregt. Das hatten ihm verschiedene zuverlässige Bekannte bestätigt.
Königin Sylvia war ihm ohnehin nicht freundlich gesinnt. Das wusste er und das hatte ihm auch der König persönlich bestätigt. In ihren Augen war er sicherlich Schuld an ihrem bisher ergebnislosen Ringen die Herrschaft an sich zu reißen. Wenn sie das Zepter in die Hand nahm, würde er wohl bald im tiefsten Verließ vom Sonnenfeld sein Leben beschließen. Es gab nach den letzten Ereignissen auch den dringenden Verdacht, dass sich Kräfte aus Ylsten sammelten, um sich sein Gebiet mit Waffengewalt anzueignen. Wer sollte dagegen antreten, wenn nicht er selbst! Arnulf hatte schon Fährtensucher ausschwärmen lassen um genaueres zu erfahren.
Aber noch war der König nicht beigesetzt, so hatte er noch ein wenig Aufschub vor dem Unvermeidlichen.
Der Herold, der jetzt auch als königlicher Sekretär fungierte, war mehrmals in den letzten Wochen bei Arnulf erschienen, um ihm persönlich über die Ereignisse auf dem Sonnenfeld

zu berichten. Warum er das tat verstand Arnulf nicht. Kam er aus eigenem Antrieb, oder wurde er geschickt? Er hatte das Gefühl, das der junge Mann etwas Bestimmtes von ihm erwartete.
So vergingen die Tage in denen er ungeduldig auf Nachricht vom Großen Grauen wartete, dem Meer auf der anderen Seite des Gebirges.

Endlich eine Nachricht

Es sollte noch einige Wochen dauern, bis Arnulf endlich Nachricht erhielt. Die Menschen am Grenzweg hatten indessen tagelange Regengüsse hinter sich gebracht, die eine Zeitlang die Baustellen unter Wasser gesetzt hatten, so dass sich die Arbeiter in die Wirtshäuser verzogen hatten. Nach dem Regen kam der Nebel, der ebenfalls das Voranschreiten der Arbeiten verlangsamte.
Der Freiherr hatte manchmal den Verdacht, dass ein böser Wille gegen ihn gerichtet war.
Ein Bote brachte schließlich mit dem Abziehen der Regenwolken die ersehnte Nachricht aus Rohweiden.
Karls bestätigte ihm, dass in Trollingfurth, auch unter der Hand, mit geschliffenen Gläser gehandelt wurde. Um Wairnasund machte man sich am Großen Dunklen weniger Sorgen, obwohl es bekannt war, das dort Spione genau nach diesem Handel forschten. Der Weg war schließlich weit bis

zum Gelben Meer. Offiziell gab es die Herstellung und den Handel natürlich nicht!
Arnulf schickte sogleich eine Nachricht, dass er bald aufbrechen würde und seinen Freund in Rohweiden am Meer treffen wollte. Der Freiherr suchte sich den am vertrauenswürdigsten Mann aus und schickte ihn nach Rohweiden. Der Reiter versprach noch vor dem nächsten Morgen aufzubrechen.
Arnulf strich an diesem Tag durch die Wälder am Jagdschloss, um zu sehen, ob er beobachtet wurde.
Der Fährtensucher in ihm war misstrauisch. Er fand schließlich auch einige unscheinbare Anzeichen, dass jemand in der Nähe des Waldschlosses umherschlich. Aber die Hinweise erschienen ihm nicht eindeutig. Vielleicht sah er auch nur Gespenster. Er hatte in der Öffentlichkeit darüber kein Wort verlauten lassen.
Als er seiner Frau eröffnete, dass er zum Großen Grauen reisen wollte, war sie natürlich Feuer und Flamme. Sie fragte ihn, was sie einpacken sollte für diese Reise. Doch er erklärte ihr, dass es ein heimlicher Besuch werden sollte und sie hier so tun sollte, als ob er weiterhin anwesend sei.
Antje nahm das überaus ungnädig auf. Sie diskutierte noch lautstark, als er schon aus der Haustür war. Wahrscheinlich wussten spätestens jetzt alle im Schloss, das er bald für ein paar Tage heimlich verschwinden wollte.
Das ärgerte ihn. Es gab sehr wahrscheinlich auch hier jemanden, der die eine oder andere Nachricht zum Sonnenfeld oder sogar hinunter nach Ylsten schickte.

Er beschloss, erst einmal die Grenzwarte aufzusuchen. Damit würde er sein Vorhaben etwas verschleiern.
Es war auch nötig, Trömso etwas Mut zu zusprechen. Er war ein guter Mann an diesem Platze, aber doch eher ein Befehlsempfänger.
Er nahm einige Hunde mit und lenkte sein Pferd auf den Grenzweg hinab. Dann würde jedermann sehen und hören dass er nach Wartenheim unterwegs war. Bald hatte er die ersten Ausläufer der Ansiedlung erreicht.
Er hatte nicht vermutet, dass die Baustellen sich auch in Wartenheim so schnell und ungebremst ausbreiteten. Die Häuser fraßen sich schnell in den Wald am Fuß der Berge hinein.
Es würde der Tag kommen, an dem er dem haltlosen Wuchern Einhalt gebieten musste. Das wurde ihm sofort klar, als er auf Wartenheim hinabblickte. Es wuchs wie ein Moloch in den Wald hinein. Dieser Anblick gefiel ihm nicht. Lieber würde er in einiger Entfernung einen weiteren Platz finden. Er hatte schon die Idee, dass es an einem Bach sein müsste. Er brauchte in der Gegend eine Mühle, damit sie ihr Getreide hier in der Nähe selbst mahlen konnten. Sonst blieb ihm nur die Möglichkeit einer Wassermühle, aber das war noch Zukunftsmusik.
Er sah einige Reiter mit dem Wappen des Königs den Grenzweg auf sich zukommen. Arnulf lenkte sein Pferd hinter einen Schuppen. Er wollte von ihnen nicht gesehen werden. Es waren schon einige Einladungen zur Königsfestung auf dem Sonnenfeld gekommen, die er immer mit dem Hinweis

auf die laufenden Aufbauarbeiten abwies. Das konnte natürlich nicht ewig funktionieren! Aber gerade jetzt wollte er keinen Disput mit Boten des Königs führen.
Die Männer in den Farben des Sonnenfelds ritten an ihm vorbei, ohne ihn wahr zu nehmen. Sie wollten tatsächlich hoch ins Schloss!
Er rang kurz mit sich und gab dann seinem Pferd die Sporen. Er trabte zur Grenzwarte.
Unterhalb der Befestigung, an der Poststation war eine Menge Trubel. Fuhrwerke drängten sich durch die Menschenmenge. Die Menschen liefen auch hier aufgeregt umher. Einige Soldaten drängten sich durch die Menge und ermahnten den Einen und Anderen sich zu benehmen.
Der Freiherr lenkte sein Pferd hoch zum Tor der Grenzwarte. Seine Hunde neben ihm kläfften aufgeregt.
Sofort öffnete sich das Tor, kaum dass er sein Pferd davor zügelte und die Wachen salutierten.
Arnulf war froh, endlich innerhalb der Mauern der Warte zu sein. Ein Mann nahm ihm sein Pferd ab. Die Hunde wurden angeleint.
Sein Kommen war sofort dem Kommandanten Trömso gemeldet worden. Der beeilte sich, um den Freiherrn zu begrüßen.
"Was treibt Euch hierher", fragte der Oberleutnant argwöhnisch. Der Kommandant hatte immer die Furcht, dass ihm irgendetwas entgangen war. Das war in der Vergangenheit einige Male vorgekommen. Arnulf winkte jedoch beruhigend ab.

"Es treiben sich Boten des Königs herum. Die will ich im Augenblick nicht sehen. Ich weiß ohnehin, was sie für Nachricht bringen."
"Aber der König lebt doch noch?" Trömso sah ihn fragend an. Arnulf lachte ob dieser Frage kurz auf.
"Wenn nicht, würden hier jetzt keine Boten herumreiten, sondern Meuchelmörder von Königin Sylvia!"
"Herr, ich bitte Euch! Wir hoffen jeden Tag, dass der König gesundet. Alles andere würde nur eine neue finstere Zeit bedeuten!"
"Du sagst es Trömso. Du hast wirklich einen scharfen Verstand und genau deshalb befehligst du diese Warte." Er lächelte den Mann wohlwollend an.
Er sah über die Mauer hinab auf Wartenheim und deren rasch wachsende Zahl von Hütten. Von hier sah es noch Schlimmer aus, wie sich die Häuser in den Wald fraßen. In einigen Monaten konnte man wahrscheinlich direkt in die Ebene von Ylsten sehen. Das war für Arnulf kein schöner Gedanke.
"Kann dein Sohn nichts für Wulfenghar tun", fragte Trömso, der etwas hinter ihm stand, mit wenig Hoffnung.
"Ich würde meinen Sohn nur mit einer zehnköpfigen Leibwache zum Sonnenfeld schicken. Ich glaube Sylvia ist wenig daran gelegen, das ihr Gemahl, der König, noch allzu lange lebt. Sie hat ihre ganz eigenen Ziele. Oder sagen wir besser, ihre Familie hat gewisse Ziele."
Der Oberleutnant nickte verstehend. "Wie sollen wir uns verhalten, wenn es schließlich dazu kommt?"

"Wir werden unsere Aufwartung machen und abwarten was sie zusammen mit Hagenar ausbrütet", erwiderte Arnulf leichthin. Auch wenn er das so unbekümmert dahinsagte, hatte er über diese Frage schon manche schlaflose Nacht zugebracht.
"Würde uns vielleicht der König aus Ylstenbyrg helfen?"
Arnulf lachte. "Selbst wenn er wollte, seine Frau ist die Schwester unserer Königin. Ich glaube nicht, dass wir von dort viel erwarten können. In Ylsten braut sich auch einiges zusammen. Wir sollten abwarten und uns nach Söldnern umsehen."
Der Kommandant sah Arnulf beinahe ängstlich an. "Wer in Ylstenbyrg sollte einen Händel mit uns anfangen wollen?"
"Erinnerst du dich noch an die Guldenhulen, oder an die Van Ylsten?"
Trömso nickte langsam, auch ihm waren diese beiden Namen geläufig.
Diese Namen war in der Vergangenheit immer ein Garant für Ärger gewesen. Es waren sehr alte Namen, die ihre Wurzeln weit in der Vergangenheit hatten. Es hieß sogar, dass die Familienzweige der Guldenhulen bis auf die andere Seite der Welt reichten.
Genau darauf beriefen sich die Familien. Stets waren mit diesem Namen Ansprüche auf dieses und jenes verbunden, die sie aus einer längst vergangenen Zeit herleiteten.
Der noch junge König Wulfenghar hatte deshalb vor langer Zeit eine Zusammenkunft in der "Waldburg" organisiert, um die Anspruchsverhältnisse endlich zu klären und alle

Unstimmigkeiten aus der Welt zu schaffen. Dieses Treffen endete jedoch in einem Desaster.

Arnulf ging zum Ausgang an der Grellwand. Er hatte all sein Hab und Gut dabei. Oben am Posten würde er ein neues Pferd bekommen und konnte sich mit etwas Vorsprung auf den Weg machen. Er stieg die schmalen Stufen hinauf. Oben angekommen, bog er in die Richtung zum Postweg ab, den der König vor einiger Zeit hatte anlegen lassen. Dieser Weg war gut ausgebaut und so kam er schneller vorwärts. Natürlich konnte er nicht vermeiden, dort gesehen zu werden. Aber er würde diesen Weg eh nicht lange verfolgen und bald in Richtung Weissenjard abbiegen. Dorthin würde ihm wohl kein Spion folgen wollen.

Niemand hatte bisher herausgefunden, warum es so kalt in dieser Region war. Es hatten auch nur wenige Furchtlose den Versuch unternommen, dies heraus zu finden. Von den Bergelfen kannte Arnulf die Überlieferung, dass dort vor vielen Jahrhunderten ein kalter Stern vom Himmel gefallen war. Der Einschlag hatte dort, wo vorher ein stattlicher Hochwald gestanden hatte, nur ödes, unwirtliche Land hinterlassen.

Es würde aber auf jeden Fall dort ruhiger werden. Weissenjard war nicht besiedelt. Die wenigsten Menschen hatten die Neigung dort umher zu streifen. Dort gab es angeblich die Riesenhirsche und auch Bären. Doch am meisten fürchteten sich die Menschen vor den Eistrollen.

Dass es sie dort wirklich gab, hatten ihm schon einige vertrauenswürdige Reisende berichtet. Das ängstigte ihn zu diesem Zeitpunkt jedoch nicht.
Nachteilig für ihn war, dass er mindestens eine Übernachtung haben würde, wenn er diesen Weg nahm. Ein Dach über den Kopf für die Nacht war in Weissenjard nicht leicht zu finden. Es gab zwar kaum eine Handvoll Bauden, doch die lagen weit auseinander und waren vielleicht sogar schon aufgegeben worden.
Sein Vater hatte ihm immer abgeraten dort einen Weg hindurch zu suchen, wenn nicht etwas sehr Dringliches dies erforderte.
Jetzt lag ein dringlicher Fall vor.
Arnulf hatte für zwei Tage Verpflegung dabei, das beruhigte ihn etwas. Er wollte nicht noch jagen müssen auf seinem Weg, zumal in Weissenjard wenig Wild zu finden sein würde. Einmal mehr wünschte er sich den alten Hansen herbei, der wurde irgendwie mit allen Problemen fertig. Der alte Kerl hatte immer solange mürrisch vor sich hingemurmelt, bis sich die Probleme in nichts auflösten.
Doch der alte Hansen, ein Gefährte von Arnulfs Vater, war schon vor einiger Zeit den letzten Weg gegangen.
Immerhin war dem alten Fährtensucher ein ruhiger Tod auf seiner eigenen Pritsche gewährt worden. Das hatte Hansen sich immer gewünscht. Seine größte Angst war seit jeher gewesen, irgendwo im Wald zu sterben und dann von den Tieren gefressen zu werden.

Wenn Arnulf Weissenjard hinter sich gelassen hatte, konnte er am Ufer des Grauen entlang reisen.
Zuerst würde er in Rohweiden nach seinem alten Freund Karls suchen. Der kannte sich am Großen Grauen gut aus. Mit etwas Glück wäre er in zwei Wochen zurück. Das war jedenfalls sein grober Plan.
Natürlich könnte es anders kommen, so realistisch war Arnulf schon. Doch er wollte schnellstmöglich wieder zurückkehren, die Situation um den König herum war verworren. Eines war aber klar, er würde sehr bald sterben. Das war aus vielen Quellen zu hören.
Hagenar, dessen Bruder, scharrte schon ungeduldig mit den Hufen. Er wollte sich nach dessen Ableben sogleich auf den Thron setzen. Notfalls auch gegen den Widerstand der anderen Edelmänner aus den Bergen.

Weissenjard

Arnulf übernahm ein neues Pferd oben auf der Grellwand und machte sich auf den Weg. Er nutzte zuerst den Postweg. Das war ganz unverfänglich. Er musste nur so unauffällig wie möglich nach Weissenjard abbiegen.
Nachdem er den Kreuzweg erreicht hatte sah er sich eine Weile um. Erst nachdem er einigermaßen überzeugt war, das niemand sich hier in der Nähe herumtrieb gab er seinem Pferd die Sporen.

Nach dem Abzweig veränderte sich der Wald langsam aber stetig. Anfangs merkte man es kaum. Erst verschwanden die hochstämmigen Buchen und knorrigen Eichen. Die Abstände zwischen den Waldstücken wurden größer und dazwischen gab es nur Buschwerk mit einigen Birken und Lärchen.
Am Nachmittag hatte der einsame Reiter kaum noch Schutz vor neugierigen Blicken. Aber auch er konnte im Gegenzug eventuelle Verfolger schnell erkennen.
So bemerkte er am späten Nachmittag, dass er verfolgt wurde. Es war wohl doch nicht so klug gewesen allein zu reisen. Aber zu Haus konnte er auf keinen guten Mann verzichten.
Er führte sein Pferd in eine Senke und legte sich in einem Birkenwäldchen auf die Lauer.
Es waren zwei zerlumpte Gesellen, die auf lahmen Pferden hinter ihm den Weg nach Weissenjard genommen hatten. Sie sahen nicht sehr gefährlich aus, aber das hatte nichts zu bedeuteten.
Arnulf wollte wissen, mit wem er es zu tun hatte.
Die Sonne war bald darauf hinter grauen Wolken verschwunden, während er auf seine Verfolger wartete.
Die Reiter sahen sehr unbekümmert aus, als sie langsam auf ihren erschöpften Pferden den Pfad entlangtrotteten. Sie unterhielten sich angeregt und schienen nicht sehr aufmerksam zu sein.
Als Arnulf ihnen entgegensprang und dem dickeren der beiden Reiter sein Langmesser an den Hals hielt, schienen sie zu Tode erschrocken. Sie leisteten keinerlei Widerstand.

"Wer seid ihr und wem folgt ihr hier", fragte Arnulf barsch.
"Wir sind Eistrolljäger", erwiderte der Dicke empört. "Unsere Namen sind jeden vom Großen Grauen bis zum Gelben Meer bekannt!" Er schien eher Schausteller zu sein.
Arnulf verzog keine Miene. "Ich kenne euch nicht und höre auch zum ersten Mal, das hier Eistrolle gejagt werden."
"Aber uns wurde gesagt, dass so ein Troll sehr viel Geld einbringt. Tot oder Lebendig!"
Der Freiherr runzelte die Stirn. Was waren das für Narren? Tarnten sie sich nur gut oder waren sie tatsächlich so dumm?
"Ihr glaubt doch nicht im Ernst, dass ihr ein Zusammentreffen mit einem Troll überleben würdet?"
"Wir sind erstklassig ausgerüstet", erklärte der zweite Trolljäger pikiert. Er hielt einen Spieß in die Luft.
Arnulf sah sich die Waffen der Trolljäger an und schüttelte den Kopf.
"Ich glaube kaum, dass ihr mit dem Zahnstocher etwas ausrichten könntet. Trolle haben eine sehr dicke Haut. Er würde euch in der Luft zerreißen und ordentlich braten. Zwei gute Mahlzeiten würdet ihr wohl abgeben."
Er sah den Dicken freundlich lächelnd an.
Die beiden warfen sich irritierte Blicke zu und gaben ihren Pferden wieder die Sporen.
Sie empörten sich leise über diesen Fremden.
Der Freiherr ließ die vermeintlichen Trolljäger an sich vorüberziehen.
Es gefiel ihm zwar nicht, die beiden vor sich zu haben, aber er konnte im Augenblick nichts anderes tun. Er war sich sicher,

die merkwürdigen Gesellen in der nächsten Baude wieder zu sehen und dann würde sich wohl zeigen, ob sie das waren, was sie Vorgaben zu sein. Er war jedoch überzeugt, dass sie ihn verfolgten.
Er warf einen Blick zurück. Die fernen Bergrücken hinter ihm ließen ihn etwas wehmütig werden. Aus diesem Blickwinkel hatte er seine Heimat bisher noch nicht gesehen.
Sein weiterer Weg verlief bis zum frühen Abend ereignislos. Dann roch er ein Reisigfeuer, das ganz in der Nähe sein musste.
Er würde doch noch ein Dach über dem Kopf für diese Nacht bekommen!
Der Freiherr folgte in der nächsten halbe Stunde einfach seiner Nase.
Dann stand ein solides Blockhaus vor ihm. Es sah stabil aus und musste es wohl auch sein. Die Bedingungen in Weissenjard waren mitunter sehr hart.
Nachdem er das Haus und den Stall eine Weile beobachtet hatte, trieb er sein hungriges Pferd näher.
Er umrundete das Haus zu Fuß, ehe er dann entschlossen die Tür aufzog. Zögernd trat er ein.
Der Freiherr sah sich allein in dem halbdunklen Raum. Der Tresen war verwaist. So hatte er Muße sich umzusehen, nachdem er sein Gepäck auf einen Tisch geworfen hatte.
Etwas später erschien ein hagerer Mann mit dunklen Augen hinter dem Tresen und sah ihn abwartend an. Sein Blick verweilte kurz auf der weißen Strähne, die Arnulf über der Stirn trug.

"Ihr seid sehr misstrauisch Herr", sagte er zu Arnulf. Er sprach mit leiser Stimme.
"Ich bin heute zwei Trolljägern begegnet. Ich hätte erwartet, sie hier zu treffen", erwiderte Arnulf. Er sah dem Mann forschend ins Gesicht.
"Trolljäger? Ihr wollt mich auf den Arm nehmen, Herr!"
"Ich weiß allein, dass dies unglaubhaft klingt. Aber ich hoffe, den beiden Narren ist nichts geschehen."
Sie standen sich am Tresen gegenüber und Arnulf konnte in den Furchen des Gesichts ein entbehrungsreiches Leben lesen. Er fragte sich, ob der Wirt sein Leben selbst so gewählt hatte oder vor etwas, was wie ein Galgen aussah, geflohen war.
Der Wirt schob ihm unaufgefordert einen Krug mit dampfenden Gebräu über den Tresen. Arnulf roch daran. Es roch würzig und weckte seine Lebensgeister.
"Eigene Kräuter und etwas Branntwein", erläuterte der Wirt. "Das kann Tote wecken! Der Erste geht immer auf das Haus."
"Hier kann man doch wohl ein Zimmer für die Nacht haben?"
"Mit Sicherheit", antwortete der Wirt, der sich dann als Iljar vorstellte. Der Freiherr stellte sich seinerseits als Hansen vor. Er konnte ja nicht wissen, wie weit der Wirt in seiner Einöde über die Vorgänge in den Bergen informiert war. Der alte Hansen hätte sicherlich seinen Spaß daran, vermutete Arnulf und musste ein Grinsen unterdrücken.
Der Wirt zeigte Arnulf, wo er sein Pferd unterbringen konnte. Er fütterte und tränkte das Tier gewissenhaft, bevor er wieder in die Baude zurückkehrte.

Ilja erschien gleich darauf im Schankraum und stellte ihm etwas zu Essen auf den Tisch.
Dann setzte er sich auf die andere Seite des Tisches.
"Und du sagst, zwei Trolljäger sind hier unterwegs?"
Arnulf nickte und zog an seiner Pfeife, als sie später am Feuer saßen. Der Wirt war natürlich interessiert, wie es in der weiten Welt draußen zuging. Sie unterhielten sich über einige Belanglosigkeiten. Als sie verstummten erklärte Iljar ihm plötzlich, das hier wirklich ein Troll sein Unwesen trieb. Er hatte zwei Einsiedlerhütten überfallen und alle Menschen massakriert. Nur drei Stunden von hier entfernt.
Das überraschte den Freiherrn nicht, er konnte aber trotzdem nicht glauben, dass die beiden Kerle Trolljäger waren.
Arnulf war auch klar, dass die soliden Riegel an der Tür einem massigen Troll kaum mehr als einige Minuten standhalten würden. Was danach passieren würde, wollte er sich nicht ausmalen.
"Das waren zwei Narren, die jemand mit einem ganz anderen Auftrag losgeschickt hatte", sagte Arnulf und sah gedankenvoll durch das Bleiglasfenster in die Dunkelheit draußen. Ilja sah ihn nur schweigend an. Das waren Dinge aus der fernen Welt, die ihn nicht weiter berührten.
Arnulf beschloss sich schlafen zu legen. Auch Morgen würde es ein anstrengender Tag werden.
Wenn er Glück hatte, würde er Morgen um die Zeit schon Rohweiden erreicht haben.

Iljar wies ihm den Weg eine Holzstiege hinauf und zeigte ihm dort seine Kammer. Arnulf bekam noch eine Schale mit Wasser und konnte sich etwas frisch machen, vor dem schlafen gehen. Obwohl er noch kurz intensiv nach draußen lauschte, war er gleich drauf eingeschlafen.

Die Nacht in der Baude

Abrupt schreckte Arnulf in der Nacht hoch. Er hatte etwas gehört.
Im Stall draußen hörte Arnulf sein Pferd unruhig schnauben. Er kleidete sich in Windeseile an und griff seine Waffen. Schnell war er die Stiege hinab und öffnete die Eingangstür einen Spalt breit. Er konnte allerdings nichts entdecken, was seinen Argwohn bestätigte.
Der Wirt stand ebenfalls am Fenster und bedeutete ihm leise zu sein. Seine Hand umklammerte eine schwere eiserne Lanze, wie sie im Allgemeinen gegen Trolle verwendet wurde.
Beide starrten sie angestrengt in die Nacht. Unzählige Sterne leuchteten am Himmel.
Dann konnten sie plötzlich einen Schatten auf dem Hof erkennen. Die Pferde wieherten ängstlich und schlugen mit den Hufen gegen die Stallwand.
Der Schatten bewegte sich daraufhin auf den Stall zu und machte sich an der Tür zu schaffen. Als sich das Wesen Eintritt verschafft hatte, schlugen die Pferde wiehernd aus und flüchteten ins Freie.

"Ein ziemlich großer Troll", flüsterte der Wirt und umfasste seine Lanze fester.
Arnulf musste etwas unternehmen, er konnte auf keinen Fall auf sein Pferd verzichten!
Er nahm seine Waffen und schlüpfte hinaus ins Freie. Leise zog er die Tür hinter sich zu.
Der Troll warf indessen wütend das Inventar des Stalles umher.
Arnulf hatte schon mit Riesen gekämpft, aber nicht mit einem Troll. Leider hatte er nicht dieses Sprengpulver zur Hand, das er damals gegen die Riesen benutzt hatte. Das hatte ihm Brolingard, der Zauberer des Königs, zusammengerührt.
Er konnte nur hoffen, dass sein Pferd schlau genug war, einen großen Bogen um diesen Troll zu machen.
Er atmete auf, als sein Pferd wiehernd an ihm vorbei über den Hof galoppierte und in der Dunkelheit verschwand. Das Pferd konnte flüchten und würde sicherlich irgendwann zurückkehren.
Es würde auch nichts nutzen, die Tür zur Herberge zu verbarrikadieren. Der Troll würde sie ohne Probleme einschlagen.
Arnulf wollte Bewegungsfreiheit haben, wenn der Troll angriff. Er klopfte leise an die Tür und erklärte Ilja sein vorhaben. Er sah nicht dessen zweifelndes Gesicht.
Mit seinen Waffen in der Hand schlüpfte er wieder hinaus in die Dunkelheit.

Die unzähligen Sterne über ihm sahen aus, als könnte man sie mit den Händen berühren. Doch der Freiherr durfte sich von diesem Bild nicht überwältigen lassen, ein riesiger, übellauniger Troll war in seiner unmittelbaren Nähe!
Sehr vorsichtig bewegte er sich um das Blockhaus herum. An der Stirnseite stand eine Leiter die hoch zum Heuboden führte. Er kletterte hinauf und sah trotzdem nicht viel mehr. Es war einfach zu dunkel. Er konnte dann aber doch den Schatten des Trolls ziellos auf dem Hof herumstöbern sehen. Dabei machte der Troll immer wieder Geräusche als schnüffelte er.
Arnulf hatte seinen Bogen zur Hand genommen. Er konnte schwer schätzen, wie groß dieses Wesen war. Der Troll konnte sich trotz seiner Größe sehr behände bewegen. Das beunruhigte ihn etwas.
Er schoss einen Pfeil, als der Troll unter ihm an der Leiter stand. Der Troll knurrte unwillig, stampfte aber weiter. Arnulf hörte Holz splittern. Wohl oder übel musste er hinunter und nachsehen, ob der Troll die Eingangstür zerschmettert hatte.
Er konnte den Troll deutlich riechen, als er ihn verfolgte. Der Gestank konnte einem fast die Sinne nehmen. Der Troll hatte seinerseits inzwischen seinen Verfolger gewittert und dreht sich plötzlich um. Arnulf konnte sich gerade noch mit einem Sprung zur Seite retten. Dieser Troll hatte verdammt lange Arme!
Arnulf schoss seinen Pfeil ab und warf dann den Bogen weg. Er würde ihm jetzt kaum helfen. Er schlug mit seinem

Schwert blind um sich und verletzte den Troll dabei sogar. Wütend brüllte der Angreifer.
Hinter ihnen öffnete sich die Tür und Iljar leuchtete mit einer Fackel. Arnulf konnte nun besser abschätzen, wie sich der Troll bewegte. Er umrundete ihn, um die Tür zu erreichen. Der Troll sprang ihm überraschend behände entgegen und versuchte ihn zu packen. Arnulf hatte seine liebe Mühe auszuweichen.
Der Troll wollte aber nicht so einfach von seiner Beute lassen und verfolgte ihn weiter. Der ehemalige Fährtensucher wand sich hin und her. Doch sein Verfolger ließ nicht von ihm ab. Er konnte den Troll zwar mit dem Schwert einige Male treffen, aber die Reaktion darauf war lediglich, dass der Troll wütend wurde. So sehr sich Arnulf die Richtung wechselte und drehte, der Troll war ihm immer nahe. Schließlich strauchelte Arnulf und stürzte zu Boden. Sein Ende schien besiegelt!
Er rollte sich auf den Rücken und hörte kurz drauf einen metallenen Ton und der Troll hielt plötzlich inne und schwankte etwas. Ein überraschter Laut kam aus dessen Maul.
Iljar hatte mit einer großen geschmiedeten Pfanne, die sonst neben der Feuerstelle hing, zugeschlagen. Diese Pfanne konnte man nur mit zwei Händen halten, da sie groß und auch schwer war.
Der Troll blieb noch einige Sekunden stehen und hielt seinen Kopf schief als überlege er. Dann stürzte er nach hinten um und regte sich nicht mehr.

Arnulf sprang auf und sammelte schnell seine Waffen ein. Die beiden Männer näherten sich dem Troll vorsichtig, denn der Schlag konnte ihn unmöglich getötet haben. Das holte Arnulf eilig mit dem Schwert nach.
Sie gingen schweigend ins Blockhaus. Iljar verließ noch einmal mit energischem Schritt seine Baude und hatte seine eiserne Lanze in der Hand.
Arnulf lauschte von drinnen seinem Treiben. Es musste ein großer Hass auf den Troll in ihm wohnen. Er hörte wütende Schreie in der Dunkelheit.
Als der Gastwirt wieder eintrat, sah er Arnulf betreten an. Schwer atmend ging er hinter seinen Tresen und stützte sich auf.
"Ein Troll hatte vor Jahren meine Frau grausam zerfleischt", erkläre er nach einem kurzen Schweigen entschuldigend.
"Ich habe nicht geahnt, dass es im Weissenjard ein so großes Trollproblem gibt!"
"Eigentlich nicht. Es sind auch nicht alle Trolle so. Es gibt noch ein paar echte Eistrolle, die überfallen aber nicht jeden und schlagen die Häuser kaputt."
Es war Arnulf neu, das es verschiedene Tolle gab.
"Du kommst aus den Bergen?" Iljar sah seinen Gast eine Weile an.
Arnulf nickte.
"Dort oben verhindern die Wölfe, dass Trolle zu euch wandern, habe ich von einer Schamanin gehört."
Arnulf stutzte bei diesen Worten. Seine Schwester trieb sich auch hier im Weissenjard herum? Das war ihm neu!

Auch wenn der Troll tot war, man schläft nicht gut, mit so einem Wesen vor der eigenen Tür.
Nach einem rustikalen Mal am Morgen suchte Arnulf seine Waffen auf dem Hof zusammen. Am Bogen musste er eine neue Sehne einspannen. Dann band er sein Hab und Gut zusammen und sattelte sein Pferd, das hinter dem Blockhaus auf ihn wartete.
Er bezahlte seinen Gastgeber großzügig. Vielleicht musste er auf dem Rückweg hier noch einmal einkehren. Er bekam noch ein Säckchen voll Preiselbeeren überreicht.
"Die haben alles in sich, was man zum Überleben braucht", erklärte der Wirt und gab dem Pferd einen Klaps. Arnulf hob die Hand zum Abschied.
Iljar sah ihm eine Weile stumm hinterher, bis der Reiter in der Ferne verschwunden war.
Er überlegte, was er mit dem toten Troll nun anfangen sollte.

Rohweiden

Die Landschaft veränderte sich erst am Nachmittag langsam. Es wurde spürbar wärmer. Die Luft roch nach Salzwasser. Der Große Graue konnte demnach nicht mehr weit sein!
Der Freiherr blieb stehen und sah sich misstrauisch um. Dann erkannte er, was ihn aufmerksam gemacht hatte. Das Schnauben von Pferden!

Zwei klapprige Pferde standen unruhig an einen dürren Baum gebunden vor ihm. Sollten sie als Köder dienen?
Arnulf war sich plötzlich sicher, in wenigen Augenblicken die Trolljäger wieder zu sehen. Langsam stieg er ab. Er wollte bei der Durchquerung des restlichen Weissenjards.
die beiden nicht in seinem Rücken haben.
Die vermeintlichen Trolljäger waren damit beschäftigt, ein Feuer zu entfachen. Dabei zankten sie sich, weil keiner es vermochte einen Funken zu schlagen, um das trockene Moos und das Reisig zu entzünden.
Viel auffälliger konnte man sich in der Einöde nicht benehmen.
Die Beiden schraken zusammen, als Arnulf plötzlich vor ihnen stand.
"Für wen schleicht ihr hier herum, oder seid ihr aus einem Verlies geflohen", fragte Arnulf scharf. Er sah in zwei Paar schuldbewusste Augen.
"Wie meinst du das", fragte der Dünnere hilflos.
"Ihr seid alles Mögliche, aber keine Trolljäger!"
"Warum sprichst du so mit uns", ereiferte sich der Dicke.
Arnulf hatte schon sein Schwert auf ihn gerichtet.
Er nickte dem Dicken auffordernd zu. "Sprich, ansonsten wirst du keine Zeit mehr dazu haben. Hier wird euch niemand finden. Na ja, vielleicht ein Schneefuchs oder die Krähen."
"Du willst uns doch nicht etwas antun?"
"Ihr lasst mir ja keine Wahl!"

"Nun bleib doch einmal ruhig. Ich werde dir doch alles sagen, was du willst", rief der dünnere der beiden beruhigend. Er sprang mit einem Satz auf und hatte zwei kleine Stilette in der Hand.

Arnulf ließ ihn ins leere Laufen und schlug ihn mit dem Knauf bewusstlos.

Drohend trat er auf den anderen Mann zu.

"Hoffentlich bist du schlauer als dein Freund", sagte Arnulf kalt.

"Der Vogt wollte wissen, was du vorhast", sagte der Dicke ganz offen heraus, nun die nackte Angst in den Augen.

"So so, der Vogt! Dann sind ihm wohl die Leute ausgegangen, wenn ich euch so ansehe!"

"Aber Herr, Ihr habt doch keinen Streit mit dem Vogt. Ihr werdet uns doch nichts antun?"

"Ihr nehmt jetzt eure traurigen Pferde und reitet zurück zu eurem Herrn! Wenn er mir freundlich gesinnt ist, kommt er schnellstens nach Rohweiden! Und wenn nicht spielt das auch keine so große Rolle!"

Der Dicke begann die Pferde zu beladen und hob dann seinen Mitstreiter hoch.

"Ihr hättet letzte Nacht einen Troll jagen können, aber ihr hattet wohl besseres zu tun", rief Arnulf ihnen hinterher.

Er wartete noch eine Weile, bis er seinen Weg wieder aufnahm. Er hatte leider Zeit verloren durch die beiden Hohlköpfe. Aber natürlich war es interessant, dass der Vogt sich für seine Bemühungen interessierte.

Es sollte noch bis zum Abend dauern, bis er die Meeresluft des Großen Grauen riechen konnte. Er hatte also doch an der Weggabelung den richtigen Pfad genommen. Ansonsten wäre er jetzt auf dem Weg nach Herzingen.
Mit der untergehenden Sonne stand er an einem steil abfallenden Weg. Den nahm er in der Hoffnung, bald wieder auf eine Ansiedlung zu treffen.
Der Freiherr konnte die salzige Luft des Meeres schon riechen. Kurz dachte er, schon das Wellenrauschen zu hören. Eine frische Brise wehte ihm ins Gesicht. Ein erster Gruß des Meeres.
Er stieß auf einen ausgefahrenen Weg. Dem folgte er bis zum Abend. Er wäre gern früher in Rohweiden angekommen. So hätte er noch Karls suchen können. Das war in der zunehmenden Dunkelheit nun leider nicht mehr möglich.
Er war sich nicht einmal sicher, ob er tatsächlich Rohweiden erreicht hatte.
Trotzdem war er dankbar, als er die Lichter einer Ansiedlung in der Ferne sah. Für eine Nacht wollte er wieder ein Dach über dem Kopf haben. Dort würde auch sicher kein Troll umherstreifen, wenn alles mit rechten Dingen zuging.
Er betrat die erste Herberge die auf seinem Weg lag, um sich dort ein Zimmer zu nehmen.
Es sah nicht besonders vertrauenerweckend aus, befand Arnulf, als er die Tür geöffnet hatte.
Einige trübe Augenpaare starrten ihm entgegen.
Ein beflissener Wirt kam auf ihm zu und bot ihm sogleich ein Zimmer für die Nacht an.

Arnulf zögerte nicht weiter und nahm das sofort an.

Am nächsten Morgen war er schon früh auf den Beinen. Er hatte es nun nicht mehr weit und wollte nun schnell sein Ziel erreichen.
Er benötigte eine Stunde, um Rohweiden endlich zu erreichen.
Die Sonne zeigte, dass es noch früher Vormittag war, als er an dem kleinen Fischerhafen des Dorfes stand.
Viele kleine Boote tanzten auf den Wellen vor dem Hafen. Fischer warfen ihre Netze aus. Über ihnen kreisten schreiend die Möwen.
Vor dem Hafen selbst lagen auch zwei etwas größere Schiffe. Um sie herum tanzten einige Ruderboote im Rhythmus der Wellen, die beladen wurden.
Niemand beachtete Arnulf in dem gemächlichen Durcheinander von Menschen und Waren, als er sein schnaubendes Pferd langsam am Hafen entlang lenkte.
Fische hingen an langen Leinen zum Trocknen. Die kleineren Söhne der Fischer mussten die Möwen ständig verscheuchen, damit vom Fang etwas übrig blieb.
Arnulf sah sich unauffällig um. Wenn sein Freund diesmal sein Vorhaben umgesetzt hätte, würde er ihn hier nicht finden. Aber er kannte Karls nun schon ziemlich lange und hatte Zweifel.

Er beobachtete eine Weile die Leute am Kai. Er entschied sich für einen grauen ungepflegten Matrosen, um ihn nach seinem Freund zu fragen.
"Kannst du mir sagen, wo Karls wohnt", fragte er ihn verhalten zuversichtlich.
"Wer soll das sein", fragte der graue Mann gleichgültig zurück. Arnulf beschrieb ihm den Gesuchten.
Der Mann nickte kurz darauf verstehend und sah Arnulf mit hochgezogenen Augenbrauen an.
"Hat er bei dir auch Schulden?"
Der Freiherr verneinte etwas überrascht.
"Dann bringst du ihm Geld? Das kannst`e gleich hier lassen, mir schuldet er jedenfalls noch zwei Silberstücke. Wenn er nicht so ein Riese wäre, würde er sicherlich schon längst am Galgen hängen!"
Arnulf war inzwischen von der Konversation etwas ungehalten. Er wollte nur eine einfache Antwort von dem Matrosen.
"Du verschwendest meine Zeit! Weißt du nun wo er ist, oder nicht?"
Der Angesprochene winkte beschwichtigend ab. Und zeigte weiter die Straße hinunter. "Am Ende steht so eine Bretterbude, die aus Bootsteilen zusammengezimmert ist, da kannst du es versuchen! Richte ihm doch aus, dass er beim alten Rob noch zwei Stücken Silber offen hat! In der Frage ist er nämlich sehr vergesslich."
Er grinste Arnulf vielsagend an.

Der Freiherr ging mit gemischten Gefühlen in die beschriebene Richtung davon.
Nur wenig später erkannte er das Bauwerk, das der Alte meinte.
Es gab einen Stich ins Herz, seinen alten Freund so hausen zu sehen. Aber mit Geld konnte Karls noch nie umgehen!
Um die Bretterbude lag allerlei Unrat, unter anderem auch einige tote Ratten und abgenagte Hühnerbeine. Arnulf seufzte leise und stieß die schiefe Tür mit dem Fuß auf.
Er hörte von drinnen ein Grollen, das ihn einhalten ließ.
"Karls", rief er laut in das Zwielicht. Er konnte nicht erkennen wer dort auf einer stinkenden Matratze lag.
"Ich hab kein Geld, also was willst du hier?" Der dort liegende Mann schien schwer angetrunken zu sein.
"Ich will dir mal ordentlich in den schlaffen Hintern treten", erwiderte Arnulf mürrisch.
"Du kannst es ja versuchen, Kleiner", erwiderte die Stimme aus dem Halbdunkel. Karls richtete sich mühsam auf. Er hatte die letzte Nacht wohl durchzecht und verströmte einen schrecklichen Gestank.
"Du machst dich jetzt etwas Landfein, damit ich mit dir ausgehen kann", befahl Arnulf mit fester Stimme. Karls stöhnte und sank wieder zurück auf sein Lager.
"Mit oder ohne dich. Ich habe sehr wenig Zeit!"
Sein Freund murmelte etwas Undefinierbares und erhob sich einige Augenblicke später.
Der Freiherr stellte sich abwartend vor die Tür und stopfte sich gemächlich eine Pfeife.

Aufmerksam lauschte er hinter sich. Mit viel ächzen und stöhnen machte sich Karls frisch.
"Bist du ein Freund von dem Glatzkopf", fragte eine lauernde Stimme neben Arnulf. Der drehte sich langsam zu dem Sprecher hin.
"Was sollte dich das interessieren", fragte er abweisend.
"Oho, eine ganze Menge. Vielleicht bürgst du ja für diesen Versager."
Die Hand des Freiherrn fuhr ohne seinen Willen zum Langmesser.
"Das solltest du nicht tun", sagte der aufdringliche Mann grinsend und wies auf einen Armbrustschützen hinter sich.
"Aber verzeiht mein Herr, ich habe mich noch gar nicht vorgestellt, seht doch bitte über diese Ungeschicklichkeit hinweg." Der feiste Mann verbeugte sich theatralisch. Er grinste über das ganze Gesicht.
"Ich bin Holger der Pfandleiher, praktisch gehört mir fast der ganz Ort. Und wer seid Ihr, Herr?"
"Ein Reisender aus den Bergen", antwortete Arnulf mürrisch. Wer er war, ging diesen Mann nun überhaupt nichts an.
"Wenn ich mir so deine Ausrüstung ansehe, musst du wohl über einiges Kapital verfügen. Die Waffen sehen exzellent aus!"
Arnulf konnte keinen Streit gebrauchen, doch das Gebaren dieses überheblichen Kerls zerrte an seinen Nerven.
Karls trat endlich vor die Tür. Er sah furchtbar aus, befand sein Freund. Sein Gesicht war vom ständigen Saufen aufgequollen.

"Du lässt diesen Mann zufrieden", grollte er sofort gegen den Pfandleiher.
"Du hältst dich schön aus unserer Unterredung heraus. Zu dir komme ich als nächstes! Du wirst wohl demnächst einige Tage bei Wasser und Brot zubringen. Aber dann hast du immerhin ein paar Mahlzeiten."
In der Zeit hatte Arnulf sich auf den Mann mit der Armbrust zubewegt. Der Schütze verfolgte grinsend das Gespräch mit Karls. Er schien nur darauf zu warten, dass der Hüne eine falsche Bewegung gegen den Pfandleiher machte.
Der Freiherr schlug ihm mit einer knappen Bewegung die Waffe aus der Hand. Sein Langmesser drückte sich danach gegen den Hals des Schützen.
Der Pfandleiher wollte etwas sagen, machte jedoch stattdessen die Bekanntschaft mit dem Knauf des Messers. Der ehemalige Fährtensucher schlug ihn gegen die Stirn des aufdringlichen Mannes.
Der Pfandleiher fiel um, wie ein Brett.
Sein Armbrustschütze ergriff inzwischen die Flucht, jedoch ohne seine Waffe.
Arnulf lenkte seinen Freund in ein Wäldchen gleich hinter dessen jämmerlicher Behausung.
Sie würden sicherlich bald gesucht werden. Das war für den Freiherrn nicht günstig. Er wollte hier nicht erkannt werden.
"Wo willst du eigentlich hin", fragte Karls nach einer Weile.
Er sah sich suchend um. Er wusste wohl nicht, wo er gerade war.
Arnulf erklärte ihm mit kurzen Worten sein Vorhaben.

Karls brauchte eine Weile, um das zu begreifen. "Was willst du mit diesen Linsen machen?"
"Ein Fernrohr bauen, wie sie die auch auf den Türmen bei den Kreuzwindfeldern haben."
"Du denkst, dass jemand dich bald angreift?"
"Es deutet einiges darauf hin, dass es Interessenten gibt. Der alte König wird uns bald verlassen. Was darauf folgen wird steht in den Sternen. Es wird aber mit Sicherheit nichts Gutes sein!"
Karls nickte zustimmend. Er war kein Freund des alten Königs, auch wenn er ihm einige Male als Söldner gedient hatte.
"Du weißt, wo diese Linsen geschliffen werden", fragte Arnulf und sah seinem Freund in die Augen. Karls nickte bedächtig.
"Wir müssen dich wohl erst einmal freikaufen", stellte der Freiherr fest. Karls schüttelte heftig den Kopf. "Ich schulde diesem Mann nichts. Er hat nur meine Waffen!"
"Du hast sie an den Pfandleiher gegeben?"
"Ich kann sie ja wieder auslösen, wenn ich sie brauche", sagte Karls leichthin, Arnulf schüttelte nur den Kopf.
"Dann lass uns schnell aufbrechen, mir sitzt die Zeit im Nacken."
Karls hatte seine wenigen Habseligkeiten schnell zusammengerollt und auf den Rücken gebunden.
"Na dann..."
Eiligen Schrittes machten sie sich auf den Weg. Arnulf führte sein Pferd am Zügel.

Karls führte ihn eine ganze Weile am Ufer entlang. Die Bäume lichteten sich schließlich eine Stunde später und gaben den Blick frei auf Trollingfurth, das erheblich größer war als Rohweiden. Dort wimmelten die Menschen durcheinander wie Ameisen.

Trollingfurth

Der Hafen von Trollingfurth war im Vergleich zu Rohweiden riesig. Dort lagen wesentlich mehr und größere Schiffe vor Anker, die noch halb von Bäumen am Ufer verdeckt waren. Im Hintergrund erhob sich der Turm mit dem Leuchtfeuer über die Masten und Segel.
Arnulf konnte viele Boote sehen, die zwischen den großen Seglern hin und her pendelten.
Am Ufer qualmten Schornsteine.
"Das ist Trollingfurth. Da hinten wird irgendwo dein Glas geschliffen", erklärte Karls zufrieden und wies mit seinem Arm vage zum anderen Ende der Stadt, das Landeinwärts lag.
Arnulf fühlte sich abgestoßen von dem Anblick der Häuser und Werkstätten. Sie waren für seine Begriffe riesig und lagen zum Teil direkt am Ufer.
Er hatte das Gefühl das hier am Übergang vom Land zu Wasser etwas fehlte.
Es fehlten die Bäume! Es fehlte die Natur!
Sie gingen auf eine lange, breite Brücke zu. Der Freiherr war beeindruckt. Sie stand auf Steinpfeilern und schien jedem Sturm und jedem Hochwasser trotzen zu können. Ein

Schutzgeländer war mit vielen geschnitzten Tierfiguren verziert.
Der Fluss, der sich hier in den Großen Grauen mündete, hatte seine Quellen in den Bergen von Arnulfs Heimat. Auf seinem Weg nach Trollingfurth wurde er von vielen kleineren Zuflüssen zusätzlich gespeist, um sich schließlich am Ende als breiter Strom in den Großen Grauen zu ergießen.
Vor der Brücke stand zwar ein Wachhaus, das war jedoch verlassen. Die Wächter standen schwatzend mitten auf der Brücke und beachteten den Strom der Menschen hinter ihnen überhaupt nicht.
Als Arnulf nach rechts in Richtung der Berge sah, wirbelten dort dicke Rauchwolken aus vielen Schornsteinen. Karls bemerkte seinen Blick und zeigte in die Richtung.
"Dort hinten stehen die Werkstätten der Zwerge und Alchemisten. Die Feuer in den Öfen berennen Tag und Nacht. Dort müssen wir hin!"
Arnulf nickt verstehend. Aber es gefiel ihm nicht. So etwas wollte er nicht in den Bergen haben! Das er dagegen nicht ewig ankämpfen konnte, war ihm aber auch klar. So sah eben der Fortschritt aus!
Als sie die Brücke hinter sich gelassen hatten, nahm das Gewimmel bedrohliche Ausmaße an. Arnulf schätze, dass wohl jedes Volk von dieser Seite der Erde hier Abgesandte hatte. Niemand achtete auf den anderen. Ein unverständliches Sprachgewirr hing in der Luft. Es wurde gerempelt und geflucht, wenn den Menschen der Platz zu eng wurde.

So ein rohes Benehmen kannte er nicht einmal aus Ylstenbyrg!
Wer besser betucht war, hatte einige handfeste Männer dabei, die den Weg bahnten und vor allem die Taschendiebe fern hielten! Diese Spezies war hier in der Hafenstadt eine wahre Plage!
Karls schob, von all dem unbeeindruckt, seinen Freund vorwärts. Gelegentlich machte er dabei von seinen kräftigen Ellenbogen Gebrauch.
Sie überquerten den Rathausplatz, wo auch die Schandsäule stand. Hier wurden Diebe und Zechpreller öffentlich ausgepeitscht. Karls war bei diesem Anblick etwas unwohl, er war dieser Bestrafung schon einige Male nur knapp entgangen.
"Wo müssen wir suchen", fragte Arnulf ihn.
"Warte einfach ab! In ein paar Minuten sind wir da! Wir müssen uns landeinwärts halten!"
Die beiden mussten einer Schlägerei ausweichen.
Ein Clan schlanker hochgewachsener Männer lieferte sich eine heftige Schlägerei mit einigen kleinen flinken Lockenköpfen.
Arnulf war interessiert, wer diese Auseinandersetzung für sich entscheiden würde, doch Karls zog ihn gleichgültig hinter sich her.
Arnulf wies auf eines der Häuser, die hier an fast jeder Kreuzung standen. Viele hatten einen kleinen Turmanbau, fast wie an seinem Schloss zu Haus.
"Was sind das für Häuser", fragte er Karls.

"Ich dachte schon, sie wären dir nicht aufgefallen", antwortete sein Freund zufrieden nickend.
"Manchmal sieht man es, wenn die Wachen ihre Fernrohre woanders hindrehen. Von diesen Häusern werden die wichtigen Straßen überwacht. Das sind Geschenke des Herrschers aus Wairnasund. Damit will er sich langsam etwas mehr Einfluss hier verschaffen."
"Also wissen sie schon, dass ich hier bin", stellte Arnulf ohne Begeisterung fest.
"Wenn sie wissen, wer du bist, dann mit Sicherheit!"
Das gefiel dem Freiherrn gar nicht.
"Aber wir können ihnen aus dem Weg gehen?"
"In den Nebenstraßen. Sie überwachen nur die großen Straßen. Schon damit haben sie wirklich genug zu tun!"
"Dann könnte ich mir doch ein Fernrohr von dort holen", stellte Arnulf nüchtern fest. "Das würde viel Zeit sparen."
"Und viel Ärger bringen", fügte lachend Karls hinzu. So mochte er seinen Freund!
Arnulf wurde von einem Mann angerempelt. Sofort tastete er hektisch nach seinen Wertsachen.
Der Mann war flink, doch Arnulf war ihm schon auf dem Fersen und brachte ihn zu Fall. Er kniete sich auf sein Opfer und durchsuchte ihn mit flinken Fingern.
Der am Boden liegende lachte nur.
"Das wird dir noch viel Ärger bringen, Mann aus den Bergen!"

"Du wirst gleich noch viel mehr Ärger bekommen", herrschte Arnulf ihn an. Karls tippte ihm auf die Schulter und schüttelte verneinend den Kopf.
"Das ist ein Spitzel der Ratsherren."
"Und das gibt ihm das Recht zu stehlen?"
"Ach das ist eine alte lästige Angewohnheit, mein Herr. Aber ich werde wohl den Ratsherren raten müssen, Euch im Auge zu behalten!" Der Spitzel grinste Arnulf frech ins Gesicht.
Karls schlug den Mann mit der Rückhand bewusstlos und zerrte ihn wie einen Betrunkenen hinter sich her. Sie legten ihn hinter einen schiefen Lattenzaun einer Seilerei.
Arnulf steckte sein kleines Geldsäckchen wieder hinter den Gürtel und verschnürte ihn sorgfältig.
"Die Zeit wird immer kürzer, die wir noch unbemerkt bleiben werden", sagte Karls leise.
"Es kann auch sein, das wir hier auf Hagenars Leute treffen. In Trollingfurth trifft sich die Welt, pflegt man hier zu sagen."
Arnulf wäre überrascht, wenn hier nicht Gesandte aus allen Regionen anzutreffen wären. Aber er musste ihnen, wenn möglich, aus dem Wege gehen. Die ganze Situation gefiel ihm nicht.
"Zeig mir endlich, wo sie das Glas schleifen!"
"Wir werden vorher ein wenig umherlaufen, damit sie nicht sofort wissen was du hier willst." Er wies vielsagend zu den kleinen Türmchen an den Kreuzungen.
Arnulf nickte. Die Idee war gut.
Karls schob ihn plötzlich hinter den Zaun.
"Was ist?"

"Männer aus Rohweiden. Die werden mich suchen!"
"Was hast du dort alles angestellt, das dich jeder in die Finger kriegen will?"
"Es sind noch ein paar Rechnungen offen, weiter nichts", antwortete Karls gleichmütig. Das schien ihm nichts auszumachen.
Das glaubte der Freiherr aber nicht so ohne weiteres. Er kannte seinen Freund schon viele Jahre. Ein paar ausgeschlagene Zähne und Schulden waren wohl noch das wenigste, was ihm dort zur Last gelegt wurde, vermutete er. Er fragte sich, ob er ohne den tätowierten Riesen nicht besser reisen würde.
Karls zog ihn jedoch schon wieder energisch weiter. Sie bogen jetzt vom Wasser weg in Richtung der Berge ab, die sich in der Ferne erhoben. Die Hütten wurden ärmlicher und kleiner. Dafür gab es hier alle paar Schritte irgendwelche Werkstätten.
"Wir sind gleich da", sagte Karls, nachdem sie noch einmal abgebogen waren. Es war hier viel ruhiger. Hier gab es auch offensichtlich mehr Zwerge als Menschen auf den staubigen Wegen. Sie wurden langsamer. Karls sah sich suchend um, bis er schließlich stehenblieb. Er winkte Arnulf ihm zu folgen. Der wollte keine Zeit weiter verlieren und drängte sich an ihm vorbei.
Sie standen kurz darauf auf einem kleinen Hof. Hier standen überall abgedeckte Haufen mit Brennmaterial.
Einige emsige Zwerge fuhren mit Schubkarren hin und her. Sie hatten feinen Sand geladen. Ein Stück weiter lagen

Haufen mit schwarzen Kohlebrocken. Arnulf wusste zwar, dass auch unter den Bergen dieses Brennmaterial zu finden war, aber es wurde kaum genutzt.
Ein recht großgewachsener Zwerg, der sich vor ihm aufgebaut hatte, riss ihn aus seinen Gedanken. Er sah die beiden Menschen nicht eben freundlich an.
"Ihr solltet schnellstens verschwinden! Solche Habenichtse wie ihr haben hier in unserem Viertel nichts zu suchen!" Er sah die beiden Männer abweisend an.
"Wir suchen eine bestimmte Werkstatt mit einem bestimmten Angebot", erwiderte Arnulf unbeeindruckt.
Der Mann sah ihn abschätzend von oben bis unten an. Dann richtete er seinen Blick auf Karls.
"Was soll das sein? Ihr müsst schon etwas genauer werden!"
"Wir suchen einen Glasschleifer", sagte der Hüne und beugte sich etwas zu dem Zwerg hinab. Der machte erschrocken einen Schritt zurück.
"Ich glaube, ich sollte euch hinbringen, ehe ihr hier noch Ärger macht", murmelt er mehr zu sich selbst. Karls bedrohliche Erscheinung wollte er so schnell es ging aus dem Zwergenviertel weghaben. Er winkte den Männern ihm zu folgen. Sie liefen nicht weit. Schon bald standen sie vor einer weiteren Werkstatt und er wies auf die Tür.
Die beiden Männer folgten ihm schweigend in einen Seiteneingang. Dort begegneten ihnen einige Zwerge, die ziemlich verschwitzt aussahen und gerade Pause machten. Sie sahen die beiden Menschen neugierig an und zogen an

ihren Pfeifen. Einer von ihnen trat von einer Tür weg und öffnete sie.
Karls und Arnulf wurden in einen kleinen Raum geschoben und sollten dort warten.
Arnulf rechnete insgeheim damit, dass sie demnächst mit der Stadtwache Bekanntschaft machen würden. Er irrte sich jedoch.
Ein gebeugt laufender Zwerg trat bald darauf ein und begrüßte die beiden Menschen in geschäftsmäßigen Ton.
"Ihr seid nicht aus der Gegend", stellte er anschließend fest und betrachtete Karls eine Weile nachdenklich.
Offensichtlich hatte er ihn schon einmal irgendwo gesehen.
Doch er behielt dies für sich.
"Kommen wir also gleich zum geschäftlichen Teil. Ihr wollt Fensterglas kaufen? Das ist kein Problem. Gebt mir die Maße und gleich Morgen könnt ihr es abholen, meine Herren.
Gegen Aufpreis lasse ich auch anliefern."
Arnulf lächelte ihn nachsichtig an.
"Ich suche etwas geschliffenes Fensterglas", entgegnete er langsam. Der Zwerg sah ihn überrascht an und kniff die Augen zusammen.
"Was versteht ihr darunter, mein Herr?" Der Freiherr vermutete, dass sein Gegenüber ihn schon sehr gut verstand.
"Ich meine etwas, was man wohl Linse nennt. Ihr werdet wohl wissen, was ich meine."
Erbost öffnete der Glasmacher die Tür und wies hinaus.

"Ihr solltet wissen, dass es uns hier in Trollingfurth verboten ist, Glas auf diese Art zu bearbeiten", rief er scharf. Er wirkte empört, aber für Arnulf war das nur gespielt.
"Wairnasund ist weit und hat hier keine Macht", erklärte Karls grinsend.
"Wairnasund ist vielleicht näher, als ihr euch das vorstellt", widersprach der Zwerg.
"Wir können nicht einfach unterzeichnete Verträge brechen!" Der dünne Zwerg schien empört zu sein.
"Du musst es ja niemanden erzählen", erwiderte der tätowierte Hüne großzügig.
"Was ihr verlangt ist unmöglich! Ich werde jetzt die Wache rufen!" Das klang aber etwas halbherzig. Der Zwerg blieb abwartend stehen, ob die Menschen noch etwas sagen wollten.
Arnulf klimperte mit einem Geldsäckel, das bewirkte bei dem Zwerg wohl einen plötzlichen Gesinnungswandel. Er richtete sich gerade auf.
"Das ist zutiefst unmoralisch!"
"Das wäre nur die Bezahlung einer Ware", entgegnete Arnulf mit unbewegten Gesicht.
"Hier in Trollingfurth stehen an jeder Ecke Sehrohre und die habt ihr alle in Wairnasund gekauft? Oder etwa auf den Kreuzwindwiesen?"
"Herr, ihr wisst Dinge, die euer Leben stark verkürzen könnten", rief der kleine Glasermeister drohend.

Auf dem Gang waren Schritte zu hören. Irgendwie hatte der Mann heimlich Hilfe gerufen, oder hier in diesem Raum wurde alles belauscht.
Zwei stabile Zwerge blieben vor Karls stehen. Er sah sie von oben herausfordernd an. Die beiden sagten kein Ton, blieben aber standhaft vor dem Riesen stehen.
"Also machen wir nun ein Geschäft oder nicht", fragte Arnulf etwas ungeduldig.
Sein Gegenüber quälte sich ein wenig, bis er sich schließlich getraute abzulehnen.
"Ich bedauere das sehr, wir wollen sehen was die Konkurrenz dazu sagt", erwiderte Arnulf gelassen.
"Auch dort werdet ihr nichts kaufen können", rief der dünne Mann beinahe verzweifelt. Er schien sich seiner Sache aber nicht sicher zu sein.
"Dann frage ich mich, wie ihr euren Lebensunterhalt bestreitet", sagte der Freiherr lächelnd und verbarg den Geldsack wieder. Dem Zwerg war ehrliches Bedauern ins Gesicht geschrieben.
"Ihr wisst genau..." Arnulf winkte ab und setzte sich in Richtung Tür in Bewegung.
Unbehelligt erreichten sie die schwere, mit Eisen beschlagene, Ausgangstür.
Sie befanden sich wieder auf dem breiten Hauptweg. Ein weiteres Mal waren sie von dem Stimmengewirr betäubt. Tausende Gerüche, gepaart mit Rauchschwaden überfluteten sie.

Arnulf sah seinen Freund fragend an. Der nickte mit dem Kopf, dass sie weiter auf dieser Straße gehen würden.
Nach einer Weile wurde es übersichtlicher auf den Wegen.
Sie hatten den Stadtrand von Trollingfurth erreicht. Auch hier standen immer noch viele Häuser und Werkstätten von Zwergen.
Diese Gegend hieß nicht umsonst Zwergenviertel.
Hinter dem Stadtrand begann ein lichter Wald, über dem Stadtrand hingen dicke, zähe Rauchwolken. Sie schienen dort festgenagelt zu sein und bewegten sich trotz des Seewindes kein Stück.
"Wir werden verfolgt", sagte Arnulf zu Karls ohne sich umzusehen. Der nickte, er hatte das ebenfalls bemerkt. Es waren eine Handvoll Männer, die sich nicht die Mühe machten unauffällig zu sein.
Arnulf hatte das sichere Gefühl, das jetzt eines dieser Fernrohre auf seinen Rücken gerichtet war.
Sie spürten, dass die Männer aufschlossen. Rennen hätte nichts gebracht.
Der Freiherr drängte Karls hinter eine Ecke. Sie standen neben einer übel riechenden Spelunke für Zwerge, aus der laute, fremdartige Musik zu ihnen drang.
Sie drängten sich hinter einige aufgestapelte leere Fässer, die auf ihre Abholung warteten.
Karls stieß den Stapel um, als sich ihre Verfolger auf ihrer Höhe befanden. Die Männer waren vorbereitet und hatten schon ihre Waffen in der Hand.

Der Kampf war kurz, denn Karls schmetterte ein leeres Fass auf die Gegner.
Sie erregten zu viel Aufmerksamkeit in der Umgebung. Arnulf beschloss zu verschwinden. Er gab Karls ein Rückzugszeichen. Sie rannten ein Stück, bis sie von einem Wäldchen aufgenommen wurden.
"Was machen wir jetzt", fragte Arnulf seinen Freund.
"Wir werden erst einmal etwas essen und dann warten wir auf den Abend! Ist dir eigentlich aufgefallen, dass unsere Verfolger Männer aus Wairnasund waren?"
Arnulf sah seinen Freund überrascht an. Dieser machte ein Zeichen schnell weiterzugehen. Sie brauchten noch etwas Abstand.
"Es gibt noch eine Glashütte?"
"Hier am Stadtrand sind die kleinen, freien Werkstätten, die auch spezielle Aufträge annehmen. Dort arbeiten ausschließlich Zwerge die in keiner Gilde sind! Wir waren schon fast da!"
"Warum hast du mich nicht gleich hierher gebracht?"
Karls sah ihn amüsiert an.
"Du bist doch vorhin dort sofort hinein gestürmt. Hast du das schon vergessen?"
Dem konnte Arnulf nicht widersprechen. Er sah sich mürrisch um. Vielleicht sollte er dieses Projekt einfach vergessen!
Sie konnten an einem Stand gebratenen Fisch kaufen. Es war nur eine provisorische Kochstelle mit einer Seeplane darüber, die der steife Seewind aufblähte und wieder zusammenfallen ließ.

Hier saßen absonderliche Gestalten und stierten stumm in die zunehmende Dunkelheit. Leise unterhielten sie sich oder sangen auch einige Seemannslieder. Arnulf sah seinen Freund erstaunt an, als dieser in den Gesang mit einfiel. Der hob entschuldigend die Schulter.
"Es liegt mir halt im Blut", sagte er grinsend. Das war seinem Freund allerdings noch nie aufgefallen.
Eine gute Stunde später brachen die beiden auf. Es war Stockfinster. Durch die Bäume konnte man hin und wieder den fahlen Mond über dem Wasser sehen.
"Es wird schlechtes Wetter geben", murmelte Karls vor sich hin. Gedankenversunken nickte er mit dem Kopf zum Großen Grauen.
Sie liefen langsam vom Meer fort in die Richtung der Berge, dort erreichten sie schließlich wieder das Zwergenviertel. Sie liefen bis zum Ende. Dort standen Hütten, die nur von kleinen spärlichen Lichtern beleuchtet wurden.
Arnulf sah aber, dass sie das Ende des Zwergenviertels erreicht hatten. Es erstaunte ihn, das Trollingfurth sie hier gewähren ließ. Andererseits waren arbeitsame Zwerge inzwischen in allen großen Städten zu finden. Es wollte zwar niemand neben ihnen wohnen, doch die fleißigen Handwerker waren auf jeden Fall eine Bereicherung für die Stadtmenschen. Zwerge hatten nur einen Fehler, sie waren sehr zänkisch! Kein normaler Mensch wollte freiwillig neben ihnen wohnen! Zwerge hatten an allem etwas auszusetzen und gingen keinem Streit aus dem Weg.

In der Werkstatt

Karls schien eine genaue Vorstellung zu haben, wo er klopfen musste. Die Tür öffnete sich aber nur einen Spalt weit. Ein Zwergengesicht wurde sichtbar, das mit mürrischem Ausdruck die beiden Menschen anstarrte. Der Zwerg sagte aber keinen Ton.
"Wir wären an einem kleinen Geschäft interessiert", sagte Karls schließlich und sah auf den Zwerg mit seinem freundlichsten Gesicht hinab, zu dem er fähig war.
"Das kann ich mir gut vorstellen", erwiderte der Zwerg und deutete eine Verbeugung an.
Er öffnete die Tür und winkte sie hinein. Arnulf hatte das Gefühl, das dieser Zwerg genau wusste, was er von ihm wollte.
Der Zwerg setzte sich und legte seine kräftigen Hände auf den Tisch. Plötzlich zeigte er mit dem kleinen dicken Zeigefinger auf Arnulf.
"Ich gehe mal davon aus, das Ihr auf legalem Wege nicht das bekommen habt, was ihr begehrt."
Arnulf nickte vage. Er fragte sich erst gar nicht, woher der Zwerg von seinem Fehlschlag wusste.
Indessen grinste der Zwerg immer breiter.
"Ich kenne Euch, Herr", erklärte der Zwerg schließlich vergnügt. "Ich war mal oben in den Bergen bei meinem Vetter. Da wohnt die Mütterliche Linie. Die Erzhebers, das sind gute Leute. An der Grenzwarte hat Vetter Gylz seine Schmiede, versteht ihr? Gylz meint der Freiherr sei ganz in

Ordnung, er hat nur immer merkwürdige Einfälle. Das könnt nur Ihr sein, ganz zweifellos!"
Arnulf wischte sich mit der Hand über die Stirn, um zu sehen ob dort was geschrieben stand. Wenn jedermann sofort wusste wer er war, hatte er wohl demnächst jede Menge Häscher auf dem Hals.
"Wie kommt ihr darauf?"
"Ich kann mir einfach Gesichter merken", erklärte der Zwerg grinsend. Er war sich wohl im Klaren, das sich Arnulf unwohl fühlte.
"Habt keine Angst. Wir wollen hier doch ein kleines Geschäft abwickeln oder sehe ich das falsch? Also, welches Anliegen habt ihr Freiherr?"
Arnulf erklärte ihm sein Anliegen. Der Zwerg nickte interessiert, aber auch etwas abweisend. "Herr, ihr wollt mir wohl mein Handwerk verderben! Ich muss feststellen, mein Vetter hatte Recht! Ihr habt tatsächlich merkwürdige Einfälle!" Seine Augen ruhten auf Arnulf. Der Vorwurf war nicht ernst gemeint, das erkannte Arnulf nun.
Dann kratzte er sich ausgiebig am Kopf und nickte schließlich zur Überraschung des Freiherrn. Der Vetter der Erzhebers hatte das Risiko für sich abgewogen und war zu einem Entschluss gekommen.
Er strahlte Arnulf plötzlich an, so dass dieser etwas zurückzuckte.
"Das ist eigentlich gar kein Problem, solange du nicht vor die Tür trittst mit diesen zwei Linsen in der Tasche. Ich vermute mal, das Rohr willst du dir zu Haus von meinen Vettern

bauen lassen. Das halte ich für eine gute Idee. Aber andrerseits, dort draußen stehen Männer, die in dieser Frage keinen Spaß verstehen. Tag und Nacht! Sie werden dir diese Linsen abnehmen und dich dann töten. Und noch schlimmer, niemand wird ihnen etwas dafür antun. Kein Schultheiß und kein Richter wird sie zur Rechenschaft ziehen! Ansonsten kämen nämlich Schiffe vom Gelben Meer, vorbei am Drachenschlund und sie würden hier anlegen. Und aus ihren Bäuchen würden viele Männer herausströmen und Trollingfurth würde ein weiteres Mal brennen!"
Der Zwerg sah den Freiherrn vergnügt an. Er wartete auf die Reaktion seinen Kunden.
"Du bist ein echter Schwarzseher, wie alle Zwerge", entgegnete Arnulf gelassen. Der Zwerg lachte leise und stand auf. Langsam ging er zu seinem Tresen.
"Was wirst du ausgeben wollen für das Stück Fensterglas?"
"Nicht so viel wie du denkst, kleiner Mann!" Arnulf sah den Zwergen Meister ausdruckslos an. Das funktionierte immer.
Der Zwerg grinste fröhlich. "Ich werde wohl aufpassen müssen, dass ich bei diesem Geschäft nicht zu kurz komme", rief er vergnügt und rieb sich die Hände.
Karls Axt fiel mit einem lauten Poltern wie aus Versehen zu Boden. Bedächtig hob er sie wieder auf und sah den Meister an.
Der Zwerg hatte sich gleichzeitig irgendwie Verstärkung gerufen. Drei Zwerge standen mit Armbrüsten im Anschlag neben ihm. Die beiden Menschen blieben reglos stehen.

"Ihr werdet doch etwas Gold auch dabei haben", fragte der Zwerg hinter seinem Tresen und machte eine auffordernde Bewegung.
Arnulf ließ Wortlos drei glitzernde Goldmünzen auf dem Tresen rollen. Die Hand des Zwerges fing sie mit einem Griff. Er holte ein Vergrößerungsglas unter dem Tresen hervor und drehte die Öllampe etwas höher.
"Das ist ein verheißungsvoller Anfang", erklärte der Zwerg kurz darauf und sah Arnulf auffordernd an. Karls hob die Axt langsam höher. Alle Armbrüste zielten nun auf ihn.
"Ich habe noch keine Gelegenheit gehabt eure Arbeit zu bewundern", sagte Arnulf geschäftsmäßig. Damit konnte er den Glasermeister aber nicht erschüttern.
"Oh, das habe ich ganz vergessen", rief der Zwerg und holte ein in feines Leder gewickeltes Paket unter dem Tisch hervor. Langsam wickelte er es auf dem Tresen aus und stellte eine kleine Öllampe daneben.
Zwei geschliffene Linsen lagen vor Arnulf.
Der Freiherr hatte keine Vorstellung, was er mit den beiden Linsen anstellen sollte.
Der Zwerg bemerkte dies und half ihm aus der Verlegenheit.
"Haltet sie hintereinander und verändert den Abstand nach Belieben zu einander!"
Arnulf tat wie ihm der Zwerg geheißen und war anfangs etwas enttäuscht. Doch nach einigem Probieren erkannte er das System.
Diese Linsen hatten wirklich großes Potential!

"Nun stellt Euch noch das Rohr dazu vor. Und dann noch ein zweites, das Ihr in das erste hineinschieben müsst."
"Ihr habt so etwas nicht zur Ansicht etwa hier?" Arnulf sah dem Zwerg der Erzhebersippe tief in die Augen.
Der Zwerg hob den Zeigefinger warnend.
"Der Freiherr hat mir nicht wirklich zugehört! Ich darf hier kein fertiges Fernrohr haben. Ich darf aber jede Art Linsen schleifen, die mir einfällt, versteht ihr nun endlich? Ab und zu kommen mir welche abhanden und ich habe keine Erklärung dafür!" Herr Erzheber lächelte tiefgründig den Freiherrn an.
Arnulf wickelte langsam die Linsen wieder in den Lederlappen und ließ sie in einer Innentasche verschwinden.
Er nickte Karls zu.
"Eines noch auf den Weg, meine Herren", sagte der Zwerg und verstaute die Goldmünzen mit zufriedener Miene unter dem Tresen in einer eisernen Geldkassette.
"Hier in unserem Hause genießt ihr den Schutz unserer Innung! Aber sobald ihr euren Fuß über die Türschwelle setzt, können wir nichts mehr für euch tun! Sie werden dort draußen auf euch warten, dessen könnt ihr sicher sein! Im Übrigen wünsche ich den Herren noch ein langes Leben."
Er nickte seinen Kunden zum Abschied zu und wies zur Tür.
"Mit sie, meinst du doch die Leute aus Wairnasund, denen wir schon begegnet sind?"
Der Zwerg lächelte vergnügt.
Karls sah sich daraufhin um und griff sich ein Tischchen auf dem allerlei fein gehämmerter Schmuck zur Ansicht stand.
Scheppernd fiel das Ganze zu Boden. Die Zwerge sahen ihm

stumm dabei zu, auch wenn die Gesichter sich zu grimmigen Protest verzogen.
Arnulf riss die Tür auf und Karls hielt den Tisch wie ein Schild vor sich und machte einen Schritt in die Nacht. Sofort steckten einige Pfeile in der soliden Tischplatte.
Der Zwerg hatte nicht übertrieben!
Arnulf schlüpfte seitlich an ihm vorbei und stieß sogleich auf einen Angreifer, der mit einer Streitaxt auf ihn einschlug. Der Freiherr tauchte an dem Angreifer vorbei und rammte ihm ein Messer in den Schenkel. Er konnte kurz einen Blick auf den Angreifer werfen und erkannte trotz der Dunkelheit, dass dieser mit einiger Sicherheit vom Gelben Meer kam.
Karls schleuderte den Tisch gegen einen Bogenschützen und versuchte aus dem Licht der Öllampen zu kommen. Etwas streifte ihn am Arm, doch er rannte weiter. Durch sein Gewicht riss er einen Armbrustschützen um. Dessen Pfeil schnellte in den Nachthimmel.
Indessen war Arnulf in ein Handgemenge geraten. Hände aus der Dunkelheit versuchten ihm seine Linsen aus der Innentasche zu entreißen. Er konnte einem Angreifer sein Knie in den Unterleib rammen. Ein zweiter Mann versuchte aber weiter hartnäckig die Linsen zu ertasten.
Arnulf ließ sich fallen und rollte sich an ihm vorbei. Mit seinem Messer stach er ihm in die Kniekehle.
Vor Schmerzen schreiend ging der Mann zu Boden. Er konnte einen kurzen Blick auf den Mann erhaschen, er kam mit einiger Sicherheit tatsächlich aus Wairnasund!

Einige Fackeln und Leuchten wurden entzündet. Der Lärm hatte die Anwohner auf den Kampf aufmerksam gemacht. Wenig später hatte sich die Anzahl von Fackeln beträchtlich vermehrt und beleuchteten dann die Kampfszene.
Arnulf Ziel war es, ins Dunkel der Nacht einzutauchen. Eine Gestalt stand plötzlich vor ihm auf und versuchte den Freiherrn zu greifen.
Arnulf bückte sich sofort und griff in den Straßenstaub. Er schleuderte eine Handvoll ins Gesicht des Mannes, damit war dieser erst einmal beschäftigt. Er hörte vor sich Karls in einem Handgemenge Schläge austeilen.
Arnulf zog ihn im Vorbeirennen weiter.
"Zum Wasser", rief Karls gedämpft. Dort am Hafen kannte er sich am besten aus.
Wenig später sahen sie die Silhouetten der Schiffe im Hafen. Einige Wachfeuer brannten am Strand, neben dem Fischmarkt.
Hier waren immer noch viele Männer unterwegs. Unter diese mischten sich die beiden Flüchtling und liefen nun etwas langsamer am Ufer entlang. Ihre Verfolger hatten sie jedoch nicht abgeschüttelt. Sie hatten lediglich einen größeren Abstand zu ihnen.
"Wir nehmen ein Boot", rief Karls. "Von Rohweiden können wir dann direkt in die Berge gehen. Es wird etwas dauern, bis sie unsere Spur dort wiederfinden."
Arnulf fand die Idee annehmbar. Sie könnten notfalls auch wieder durch Weissenjard ziehen, das würde ihren Verfolgern aus Wairnasund mit Sicherheit nicht gefallen. Der

andere Weg war aber etwas bequemer und sie konnten die Annehmlichkeiten der Poststationen in Anspruch nehmen.
Sie sahen einige Ruderboote am Ufer. Doch einige Seeleute standen im Wege. Die würden es sicherlich nicht hinnehmen, wenn sie einfach eines der Boote stahlen.
Betont langsam schlenderten sie weiter. Außerhalb der Feuer und Fackeln lagen noch weitere Boote. Dort hatten die Fischer ihre Boote an Land gezogen.
Arnulf fühlte überraschend eine Hand sich in seine Schulter krallen. Instinktiv griff er ein Fischernetz und warf es dem Mann hinter sich entgegen. Der Angreifer wandte sich hektisch und verhedderte sich umso mehr. Arnulf war nun wieder frei.
Karls hatte inzwischen eine Jolle ausgesucht, die etwas abseits lag. Sie schoben sie ins Wasser und trieben ein Stück ins Meer hinein. Das war für Arnulf ungewohnt und unangenehm das Salzwasser in den Hals zu bekommen. Karls stemmte sich am Rand schnell hoch und rollte sich ins Boot hinein. Er war von Kindesbeinen an daran gewöhnt. Dann zog er Arnulf über den Rand hinein. Karls nahm die Ruder und legte sie auf die Dollen.
Am Ufer wurden Stimmen laut. Dessen ungeachtet ruderten sie leise hinaus in die Dunkelheit. Sie hatten Glück, eine sanfte Dünung trug sie fort. Karls flüsterte seinem Kameraden leise zu, dass er sich einfach hinlegen sollte.
Karls steuerte das Boot in die Richtung der kaum zu sehenden Lichter von Rohweiden.

Sie mussten schnell feststellen, dass sie immer noch Verfolger hinter sich hatten! Also hatte sie jemand die ganze Zeit beobachtet!
Schnelle Ruderschläge waren ein Stück hinter ihnen zu vernehmen. Eine fremdländische raue Stimme trieb die Ruderer ungeduldig an.
Es waren mindestens sechs Riemen. Sie würden bald eingeholt sein. Noch half ihnen die zunehmende Dunkelheit. Doch ihre Verfolger hielten inne und lauschten. Einige Minuten waren keine Ruderschläge zu hören. Mit angehaltenem Atem lauschten auch die beiden Flüchtenden in die Nacht.
Karls hob plötzlich ruckartig den Kopf. Er hatte etwas gehört, das ihn sehr beunruhigte.
"Verdammt, sie haben einen Seewolf", flüsterte er plötzlich und riss sein Kurzschwert aus der Scheide.
"Was heißt das", fragte Arnulf, der so ein Wesen nicht kannte.
"Das wir zufrieden sein sollten, das es nur einer ist!"
Karls verharrte eine Weile am Heck der Jolle und stach schließlich mehrfach ins dunkle Wasser. Prüfend roch er an der Klinge. Schließlich nickte er. Ihr Verfolger war zumindest verletzt, er würde seine Opfer nicht weiterverfolgen können!
Ein Seewolf war ein furchterregend aussehender recht großer Raubfisch mit tödlichen Zähnen. Der Geruchssinn dieses Fisches war mit dem eines Spürhundes zu vergleichen.
Diese Wesen waren von einem einzigen Stamm Meeresanwohner, die irgendwo vor Rönningen ansässig

waren, nur gezüchtet worden, um Menschen auch auf dem Wasser jagen zu können. Zu jedem Seewolf gehörte ein menschlicher Begleiter, den man mit entsprechendem Geld mieten konnte. Für jeden, der das Pech hatte über Bord gegangen zu sein, war ein Seewolf unbedingt tödlich!

"Weiter!"

Sie ruderten so leise wie möglich weiter. Ein Stück hinter sich hörten sie kurz darauf einige wütenden Stimmen. Die Männer in dem anderen Boot hatten nun ihren verletzten Seewolf entdeckt.

Die Männer ein Stück hinter ihnen diskutierten nun laut. Dann wurden Fackeln entzündet.

Arnulf und Karls legten sich ins Boot und lauschten. Karls rollte über die Bordwand und ließ sich überraschend leise ins Wasser gleiten.

Mit den Zähnen packte er das Tau und schwamm langsam los.

Der Abstand zu ihren Verfolgern wurde nur langsam größer. Die Stimmen hinter ihnen wurden leiser. Offensichtlich berieten ihre Verfolger ihr weiteres Vorgehen.

Sie brauchten eine ganze Stunde, um den Hafen zu erreichen. Arnulf musste Karls helfen wieder in die Jolle zu kommen. Er war erschöpft vom Schwimmen. Kein Wunder bei seinem Tagesablauf in Rohweiden.

Aber schließlich hatten sie den Hafen von Rohweiden erreicht und steuerten ihr Boot zwischen den Fischerbooten hindurch. So waren sie von den Rümpfen gedeckt.

Karls war langsam wieder zu Atem gekommen und dirigierte Arnulf zum Ufer.
Er kannte hinter dem Hafen einige flache Stellen zum Anlanden, die auch gern von den Fischern genutzt wurden.
Sie stiegen noch im Wasser aus. Karls schob das Boot wieder in tieferes Wasser und schlug ein Loch in den Rumpf.
Langsam füllte sich die Jolle mit Wasser und sank.
Ohne sich umzudrehen wateten sie an Land.
Sie glaubten sich bisher unentdeckt.
Karls führte ihn trotz der Dunkelheit zielstrebig zu einer Pension, die etwas außerhalb Rohweidens lag. Die Pension lag von einigen Bäumen verdeckt an einem schmalen Weg.
"Die achten hier nicht so genau auf Fremde, solange sie zahlen können", sagte Karls.
In den Fenstern war noch Licht zu sehen. Ein Hund bellte hinter dem Haus. Karls drängte Arnulf zur Seite und öffnete langsam die Tür.
Prüfend sah er sich im leeren Schankraum um. An einem Tisch neben dem Tresen saß ein alter Mann und sah dem tätowierten Riesen mit trüben Augen entgegen.
Karls winkte Arnulf hinein.
Der Wirt stand etwas unlustig auf und zog sich seine schmierige Jacke über. Er hatte sein Gespräch mit einem Stammgast beendet und richtete seinen Blick auf die nassen Neuankömmlinge.
Als er Karls erkannte, leuchtete sein Gesicht auf.
"Wen hast du da mitgebracht, mein Großer", fragte er Karls.
Arnulf vermutete, dass die beiden sich schon lange kannten.

"Es ist nur ein alter Bekannter auf der Durchreise", sagte Karls in geschäftsmäßigem Ton.
Der Wirt drohte ihm mit dem Finger. Er glaubte Karls kein Wort.
"Ich muss gleich mal nachsehen, du schuldest mir noch eine Kleinigkeit. Und mich dann auch noch anlügen! Der Herr ist etwas besser gestellt, würde ich sagen." Der Wirt grinste die beiden an. Vielsagend deutete er auf Arnulfs Siegelring am Finger.
Der Freiherr war etwas mürrisch, dass ihm jeder wohl schon an der Nasenspitze erkannte. Es würde wohl unmöglich zu sein, unbemerkt ein Fernrohr herzustellen. Wahrscheinlich war schon eine Reiterarmee von den Kreuzwindwiesen unterwegs zu ihm, um seine erworbenen Linsen zu konfiszieren und ihn in einen Kerker zu werfen.
Karls achtete nicht auf die trübe Stimmung seines Freundes und bestellte ein kräftiges Abendbrot.
Arnulf bezahlte ein Zimmer für die Nacht im Voraus und legte noch einen Obolus drauf um Karls seine Schulden zu begleichen. Wohlwollend nickte der Wirt ihm zu.
Sie zogen sich zurück. Arnulf verband seinem Freund einige Wunden die er sich in den Kämpfen zugezogen hatte.
Schnell waren sie eingeschlafen.

Arnulf weckte seinen Kameraden schon vor dem Morgengrauen.

Zum Tagesanbruch wollte er schon Rohweiden weit hinter sich gelassen haben.
Natürlich kam es anders.
Als sie die Treppe hinunter in den Schankraum liefen, sahen sie überrascht, dass er voll besetzt war. Auch ein wenig geübter Beobachter hätte sofort erkannt, dass es hauptsächlich Söldner waren, die dort auf die Bedienung warteten. Es waren auch fremdländische Gesichter dabei, die Karls sofort am Gelben Meer verortete. Der Arm des Herrschers in Wairnasund reichte offensichtlich sehr weit. Hier waren nicht nur Spione unterwegs, sondern auch schon ganze Einheiten, die eingreifen konnten, sollte es im Interesse von Wairnasund liegen.
Ehe sich jemand bewegte war Karls den Rest der Treppe herabgesprungen und hatte einen Tisch gegriffen und als Schild vor sich gehalten. Er stürmte brüllend den überraschten Söldnern entgegen. Viele wurden mit ihren Stühlen umgerissen. Geistesgegenwärtig sprang Arnulf hinter seinem Freund her und erreichte die Tür. Karls stieß ihn hinaus und ließ den Tisch in der Tür stehen. In Windeseile rannten sie die Straße hinab.
Einige Müßiggänger wiesen lachend auf Karls, der in Rohweiden einen gewissen Bekanntheitsgrad hatte. Sie vermuteten, dass er wieder einmal die Zeche prellen wollte. Doch als hinter ihm die Söldner auftauchten, verschwanden sie eilig in den Fischerhütten an der Straße.
Einige Pfeile flogen den Flüchtenden hinterher, doch anscheinend sollten sie lebendig gefangen werden.

Sie rannten zum Ufer. Dort stand etwas Buschwerk.
Fischernetze hingen dort zum Trocknen.
Möwen segelten kreischend über den Fischerbooten.
Arnulf warf den Verfolgern ein Fischernetz entgegen, das verschaffe ihnen etwas Zeit. Aber um wirklich zu entkommen, würden sie Pferde brauchen.
"Wo kriegen wir Pferde her", rief er Karls zu. Der wies ein Stück die Straße runter.
Doch dort standen ebenfalls Bewaffnete, die wohl auf sie warteten.
Der Tag würde nichts Gutes bringen! Es sah so aus, als würden sie den Rest ihres Aufenthaltes in Rohweiden mit auf den Rücken gefesselten Armen und etwas zerschunden in einem finsteren Loch verbringen. Irgendwann würden sie mit diesen Männern nach Wairnasund reisen um dort auf die eine oder andere Art um ihr Leben gebracht zu werden.
Kurz darauf donnerte unerwartet eine Reiterabteilung die Hafenstrasse entlang den beiden Flüchtenden entgegen.
Überrascht sahen Arnulf und Karls sich an. Die neugierigen Bewohner, die aus ihren Häusern sahen, um das Drama zu beobachten, schlossen schnell ihre Türen und Fenster.
Ihre Verfolger gingen den Reitern aus dem Weg und warteten ab.
Es war überraschenderweise der Vogt, mit einer Abteilung Berittener, der im vollen Galopp auf sie zukam.
Die Söldner aus Wairnasund zogen zwar ihre Waffen, doch machte sie keine Anstalten den Reitern zum Kampfe entgegen zu treten. Sie waren zu überrascht.

Wären sie nicht bei Seite getreten hätte der Vogt sie auch einfach nieder geritten.
Sie brachten die Pferde vor Arnulf zum Stehen.
Der Vogt sah Arnulf wütend an.
"Ich missbillige Eure Kapriolen auf schärfste, Freiherr!"
"Was verschafft mir die Ehre, Vogt", fragte Arnulf, froh über dessen Auftauchen. Allerdings hatte er keine Vorstellung, was der Vogt hier verloren hatte.
"Ich werde dich am Ende dieses Tages die Peitsche kosten lassen, für dein dummes Verhalten. Du hast keinen Grund dich zu freuen!"
Einer der Anführer der Söldner schob sich vor den Vogt.
"Das ist unser Gefangener! Er hat gegen die Gesetze von Wairnasund verstoßen und wird zur Rechenschaft gezogen werden!"
Der Vogt wendete sich nun dem Sprecher, mit dem harten Akzent des gelben Meeres, zu.
"Ihr müsst mir kurz helfen, mein Herr, " bat er zu dem Mann mit unbewegter Miene.
"Ich dachte bis eben, ich bin in Rohweiden am Großen Grauen und Wairnasund liegt ein Stück weg am Gelben Meer? Aber vielleicht irre ich mich ja auch, das müsstet ihr mir nachsehen. Meine geographischen Kenntnisse sind wohl sehr begrenzt." Er sah den Sprecher durchdringend an.
"Das spielt keine Rolle für uns, oder wollt ihr einen Krieg vom Zaun brechen? Einen Krieg den ihr nur verlieren könnt", fügte der Angesprochene dreist hinzu. Der Vogt war für ihn nur ein unwichtiger Mann.

Der Vogt sah ihn kurz an. "Ihr scheint über die Gabe zu verfügen in die Zukunft sehen zu können, mein Herr."
Der Angesprochene zog sein Schwert, doch der Vogt schlug ihm mit der flachen Klinge auf den behelmten Kopf. Der Mann ging in die Knie. Zwei seiner Untergebenen fingen ihn auf.
"Ihr werdet dringend am Grenzweg gebraucht, Freiherr! Wir sollten hier keine weitere Zeit verlieren!"
Der Vogt warf einem Zuschauer ein paar Goldstücke hin. Der konnte sein Glück kaum fassen.
"Ich brauche zwei gute Pferde und das schnell!"
Auf ein Winken hin trieben zwei seiner Reiter die Müßiggänger in Richtung Trollingfurth.
Einige Minuten später kehrten sie mit zwei frischen Pferden zurück. Die Pferde hatten zwar keine Sättel aufliegen, aber das spielte im Augenblick keine Rolle.
Arnulf und Karls saßen auf und der Trupp machte sich auf den Weg in die Berge.
Eine Viertelstunde später machten sie einen Halt. Der Vogt wollte wissen, ob sie verfolgt wurden.
Nach einigen Minuten des Wartens trieben sie ihre Pferde wieder weiter. Sie wähnten sich in Sicherheit.
Der Reitertrupp des Vogtes kam gut voran. In der Mittagsstunde hielten sie in einem kleinen Dorf mit einem halben Dutzend Ställen und einem recht großen Gasthof. Sie waren nur wenige Schritte vor der Grenze zu Bergisch-Bachland.

Die Soldaten sahen sich sorglos um. Die Dorfbewohner sahen nicht erfreut aus, als sie die Bewaffneten erblickten. Sie brachten wie immer Ärger, das wussten sie aus Erfahrung.
Der Vogt ließ einige Wachen bei den Pferden.
Die Abteilung füllte die Gaststube. Der Wirt warf einen prüfenden Blick auf die Ankömmlinge.
"Wünschen die Herrschaften etwas zu speisen oder nur einen Erfrischungstrunk?"
Die Soldaten wollten natürlich zuerst einen Trunk. Der Vogt bestellte für sich eine Kleinigkeit zu Essen.
Karls sah seinen Freund tief in die Augen. Arnulf verstand dieses Zeichen und bestellte für sie beide etwas.
Die Männer aus Bergisch-Bachland brachten eine Stunde in dem Wirtshaus zu, dann gab der Vogt das Zeichen zum Aufbruch.
Arnulf wunderte sich, warum der Wirt plötzlich so schnell in der Küche verschwand.
Der erste Soldat des Vogtes, der die Tür öffnete taumelte sofort zurück. Er hatte einen Pfeil in der Brust zu stecken. Die Tür wurde sofort wieder zugeschlagen.
Der Vogt versuchte einen Blick nach Draußen zu werfen. Ein Trommelfeuer von Pfeilen zwang ihn sich hinzuwerfen.
Arnulf stürmte die Treppe nach Oben. Sämtliche Scheiben gingen indessen zu Bruch. Glassplitter flogen überall herum.
Ein harte Stimme rief von Draußen.
"Ihr kommt jetzt raus oder wir kommen rein!"
"Woher kommen diese unverschämten Kerle", fragte der Vogt erzürnt.

"Aus meiner Heimat", antwortete Karls. "Solche Trupps überfallen die kleinen Dörfer an der Küste, wenn sie mit ihren Zahlungen an den König säumig sind."
"Das ist eine Unverschämtheit, sich hier so aufzuführen", rief der Vogt zornig.
Im Stockwerk über ihnen waren Kampfgeräusche zu hören. Arnulf stand schon oben am Treppenabsatz und stieß mit einem der Kämpfer vom Gelben Meer zusammen. Da er kleiner war konnte er dessen Angriff unterlaufen und zerschmetterte dem Soldaten das Knie. Schreiend stürzte der Mann die Treppe hinab und kam vor dem Vogt zu liegen. Angewidert stach der Edelmann zu.
Von draußen trat jemand mit aller Kraft gegen die Tür. Der Riegel würde nicht lange Widerstand leisten gegen die rohe Gewalt.
"Verschwendet nicht meine Zeit und kommt raus", schrie der Anführer des Kommandos in seiner gebrochenen Aussprache ungeduldig.
"Oder mein letztes Angebot, gebt mir diesen Freiherrn heraus und ich ziehe ab!"
"Geht hoch", rief Karls und arbeitete sich zur Tür vor. Er hielt einen Stuhl vor sich.
Die Tür wurde nun gewaltsam aufgesprengt und ein tätowierter Mann stand auf der Schwelle. Er war kaum kleiner als Karls und sah ihn überrascht an. Der hingegen wartete keine weitere Reaktion ab und zerschmetterte den Stuhl auf dem Kopf des Mannes vor ihm. Der ging langsam in

die Knie. Doch hinter ihm drängten weitere Soldaten aus Wairnasund herein.
Karls musste sich schnell zurückziehen.
Einige Armbrustpfeile von oberhalb der Treppe halfen ihm dabei.
Der Anführer war inzwischen wieder auf die Beine gekommen.
"Zündet diesen elenden Stall an, dann werden die Ratten schon herauskommen", befahl er erbost seinen Männern.
Einige vorbereitete Fackeln wurden angezündet.
Die Männer warteten auf das Kommando sie zu werfen.
Doch einige wohl gezielte Pfeile ließen drei Männer aus Wairnasund tot zu Boden stürzen. Ihr Anführer drehte sich bestürzt um und hielt Ausschau nach dem neuen Feind in seinem Rücken. Er rief seine Männer zu sich. Sie sollten einen Schildwall bilden, um den Rückzug zu sichern.
Arnulf nutzte sofort die Gelegenheit um seinerseits anzugreifen. Die Eingeschlossenen warfen und schossen mit allem was sie hatten.
Karls stürmte als Erster die Treppe hinab auf seine Landsleute zu.
Ein wildes Handgemenge entstand.
Der Anführer wusste, dass er nicht gewinnen konnte und zog sich folgerichtig mit seinen überlebenden Männern zurück.
Sie hatten kaum eine Möglichkeit unbehelligt zu entkommen und so flüchteten die Söldner aus Wairnasund schließlich in den ansteigenden Wald von Bergisch-Bachland.
Arnulf sah sich nach den unerwarteten Helfern um.

Gunda, die Fährtensucherin, kam aus ihrer Deckung und sah den Freiherrn forschend an. Sie schien herausfinden zu wollen in welcher Laune er sich befand.
"Was treibt dich hierher", fragte Arnulf schroff, etwas zu schroff wie er sich sogleich eingestand. Aber sie hatte immer schon ein kompliziertes Verhältnis gehabt. Gunda brauchte keine Ausflüchte, sie hatte immerhin die Situation gerettet!
"Anka hat mich geschickt", erklärte sie leise, fast verschämt.
Arnulf sah sie überrascht an und nickte dann verstehend. Er sollte ihr dankbar sein.
"Das war Rettung in letzter Minute", sagte der Freiherr und schlug ihr derb auf die Schulter. Gunda hatte Dank von ihm verdient, auch wenn ihm das schwer fiel. Sie lächelte schräg über seine Bemühung.
Karls begrüßte sie freudig, die beiden kannten sich ebenfalls schon lange.
"Wen hast du noch von den Fährtensuchern bei dir?"
"Nur meinen Lehrjungen."
Arnulf hob fragend die Brauen. Aber natürlich war sie eine sehr erfahrene Fährtensucherin, die fast ihr ganzes Leben in den Bergwäldern verbracht hatte.
Gunda winkte und ein Junge der wohl kaum 17 Sommer gesehen haben konnte, trat zu ihnen.
"Das ist Jergo", stellte Gunda knapp vor. Sie sah neben ihm wie seine Mutter aus.
Der Vogt sah irritiert auf die Fährtensucherin. Er wusste natürlich auch, dass sie zu den königlichen Fährtensuchern gehörte.

"Hat der König dich etwa geschickt? Will er wissen was ich hier mache?"
Er klang etwas besorgt.
Gunda winkte jedoch beruhigend ab.
"Der alte Mann versucht verzweifelt die Fäden in den Händen zu behalten. Sylvia versucht alles, um endlich die Macht über Bergisch Bachland zu bekommen. Über Hagenar müssen wir uns nicht unterhalten, der hat gesundheitliche Probleme. Er ist Sylvia im Augenblick mehr ein Klotz am Bein, als eine Hilfe."
Der Vogt machte ein besorgtes Gesicht. Er war wegen des Freiherrn nicht an seinem Platz!
"Wir sollten sofort aufbrechen", sagte er und sah sich seine Männer an. Er hatte eine Handvoll verloren.
Die Männer aus Wairnasund würden weiter oben in den Bergen wieder auf sie lauern, das war Arnulf klar. Sie mussten sofort los.
"Was machen wir mit den Verletzten und Toten?"
Der Vogt sah ihn an. "Wir können uns nicht mit ihnen belasten, das würde zu viel Zeit kosten. Ich werde jemanden schicken, sie zu holen!"
Sie bestiegen die Pferde. Gunda und ihr Lehrjunge hatten kleine Ponys im Wald versteckt und wollten weiter hinter ihnen bleiben. Sie sollten eventuelle Verfolger beschäftigen.
Es war inzwischen beinahe Mittag, als sie sich wieder auf den Weg machten. Sie trieben ihre Tiere tüchtig an, um erst einmal über die Grenze nach Bergisch Bachland zu gelangen. Dort galten ihre Regeln.

Sie erreichten ohne Probleme den neuen Postweg. Der Vogt trennte sich dort vom Freiherrn und ritt mit frischen Pferden in Richtung Vogtei. Er hatte das dringende Gefühl dort gebraucht zu werden und wollte am nächsten Tag dem König seine Aufwartung machen.
Arnulf wollte die Nacht in der Grenzwarte bei Trömso verbringen und dort seine Linsen verstecken.
Sie würden aber erst im Laufe der Nacht die Feste erreichen. Dort würde Arnulf sich endlich etwas sicherer fühlen können.

Am Grenzweg

Es war schon mindestens Mitternacht, als sie den Posten auf der Grellwand erreichten. Die Wachen sahen die Ankömmlinge verdutzt an. Es überraschte sie auch nicht, dass darunter der Freiherr war. Er hatte die Angewohnheit im Dunkeln hier plötzlich aufzutauchen. Daran hatten sie sich mittlerweile gewöhnt.
Die Pferde übergaben sie den Wachen und dann wurden sie von einem der Männer die steile Stiege hinunter zur Grenzwarte geführt.
Die Anwesenheit des Freiherrn öffnete das Tor fast von allein. Die müden Wachen bemühten sich ein gutes Bild abzugeben. Doch natürlich war Arnulf klar, dass sie alle ein kleines Nickerchen gemacht hatten. Trömso sollte etwas mehr auf seine Leute achten!

Der Kommandant wurde umgehend benachrichtigt und stand einige Zeit später mit verquollenen Augen vor den Ankömmlingen.
Anscheinend war sein Schlaf nur kurz gewesen. Er war überrascht Karls bei den Rückkehrern zu sehen. In seinen Augen war er eine willkommene Bereicherung auf der Grenzwarte.
"Bring deine Wache schnell auf die Beine!" Arnulf war selbst auch müde und nicht zur Nachsicht aufgelegt.
Der Kommandant ahnte, das schon wieder Ungemach auf ihn zukam.
"Was ist geschehen Herr? Habt Ihr Erfolg gehabt?"
"Man könnte es so sagen, aber wir haben Verletzte und eine Meute Kopfgeldjäger aus Wairnasund auf dem Hals. Der Vogt hat einige seiner Männer verloren!"
"Der Vogt", fragte Trömso verständnislos. Er verstand den Zusammenhang nicht.
"Wenn er nicht geholfen hätte, wäre ich jetzt nicht hier."
"Ich sehe du hast auch einen alten Bekannten mitgebracht", sagte Trömso um das Gespräch in ruhige Gewässer zu bringen.
"Karls war wie immer eine unschätzbare Hilfe", sagte Arnulf und sah seinen Freund schräg an.
Der Hüne grunzte zufrieden. Er fühlte sich wieder ein wenig zu Hause.

Der Freiherr ging am nächsten Vormittag schnurstracks hinunter zum Dorf Wartenheim und bog in die noch recht kurze Gasse der Handwerker ein. Arnulf hatte eine starke Eskorte dabei. Karls beschloss den Trupp.
Der Freiherr wollte nichts mehr dem Zufall überlassen.
Am Ende der Gasse hatten sich einige Zwerge niedergelassen. Sie waren ihren menschlichen Handwerkerkollegen sehr reserviert gegenüber, denn sie sahen sich mit ihrem Können dem der Menschen weit überlegen. Die einzige Ausnahme war Jan Dankinstorn, den sie vielleicht als beinahe ebenbürtig betrachteten.
Arnulf klopfte an die Tür der Zwergenschmiede. Es dauerte eine Weile ehe ein verärgerter Zwerg die Tür öffnete.
"Was wünscht Ihr, Herr", fragte der Zwerg nach der ersten Überraschung. Er hatte natürlich nicht damit gerechnet, dem Freiherrn gegenüberzutreten.
"Ich habe einen Auftrag für euch, der größte Verschwiegenheit erfordert! Ihr seid doch wohl Gylz Erzheber?"
Der Zwerg nickte langsam und wies hinein in sein Haus. Arnulf musste sich etwas bücken, um sich nicht den Kopf zu stoßen. Karls machte sich nicht die Mühe und blieb vor der Tür.
Der Zwerg sah ihn aufmerksam an.
"Ich komme von euren Vettern in Trollingfurth", begann Arnulf. "Sie haben mir etwas angefertigt, das ihr jetzt fertigstellen müsst. Euer Vetter hat mir versichert, dass dies euer Können nicht überfordert."

Die Augenbrauen des Zwerges zogen sich verfinsternd zusammen, doch er sagte dazu nichts. Hatte der Freiherr etwa Zweifel an seinem Können? Einen überforderten Zwerg als Handwerker konnte es schon von der Sache her gar nicht geben!
"Es geht doch nicht um etwas Verbotenes?"
Arnulf winkte ab.
"Hier in den Bergen auf jeden Fall nicht."
Damit war der Zwerg nicht zufrieden.
"Ich werde Ärger bekommen, wenn ich den Auftrag nicht annehme und ich werde Ärger bekommen wenn ich annehme", stellte Gylz leidenschaftslos fest. Er sah Arnulf bittend an, ihn nicht diese Aufgabe zu übertragen.
Arnulf nickte leicht. Angus drängte hinter dem Freiherrn in den Raum.
Der Zwerg seufzte und forderte Arnulf auf, ihm das zu geben, was er bearbeiten sollte.
Arnulf legte das Ledersäckchen behutsam auf den Tisch.
Bedächtig öffnete der Zwerg Erzheber den Beutel.
Noch langsamer holte er die beiden Linsen heraus und legte sie langsam auf seinen Tisch. Er entzündete eine Öllampe.
Der Zwerg hielt kurz die Luft an.
"Ich bin so gut wie Tod!"
Diese Feststellung ließ ihn etwas fahrig werden.
Er sah den Freiherrn an und wartete auf etwas, dass ihn vielleicht trösten könnte.
"Warum tut ihr mir das an, Herr", jammerte er, nachdem der Freiherr stumm blieb.

"Ich werde euch schützen, Herr Erzheber", erklärte Arnulf langsam. Angus nickte hinter ihm.
Der Zwerg lachte bitter auf. "Mich schützen gegen die Meuchelmörder aus Wairnasund? Unmöglich!"
"Ich habe es immerhin bis hierher geschafft, " sagte Arnulf ungeduldig.
"Wir könnten ihm auf der Warte eine Werkstatt einrichten", schlug Angus vor. Arnulf sah ihn überrascht an.
"Hofhandwerker, des Freiherrn. Wie hört sich das für euch an, Zwerg", fragte Arnulf, um dem Zwerg etwas Mut zu machen.
"Ich bekomme Eure Aufträge zuerst angeboten? Dafür habe ich Eure Zusage und wir setzen einen Vertrag auf?" Der Zwerg war sofort wie ausgewechselt.
Das ging Arnulf nun ein bisschen zu weit, aber was sollte er in seiner Lage tun?
"Hat der Vertrag noch ein wenig Zeit?"
Der Zwerg sah ihn empört an.
"Ein Vertrag ist für unsereinen eine grundsätzliche Frage des Anstandes! Zwei Parteien sichern sich zu, ehrlich mit einander zu handeln. Wir Erzhebers sind bekannt für unsere ehrlichen Verträge."
Arnulf wusste, der kleine Handwerkermeister ein wenig übertrieb.
"Für mich sieht das wie Erpressung aus", erklärte Angus langsam und sah dem Zwerg tief in die Augen. Der hob beschwichtigend die Hände. "Wir können ja erst einmal über den ersten Auftrag reden, alles Weitere ergibt sich sicher, wir

sind doch zivilisierte Leute. Aber ihr müsst doch zugeben, dass ich ein großes Risiko trage."
"Genau wie ich auch, " antwortete Arnulf lächelnd.
Angus hatte die Lösung wenig später parat.
"Wir laden den Schmiedemeister in das Schloss des Freiherrn ein. Nur für einige Tage. Dort arbeitet Herr Erzheber und beide Parteien tragen die Last des Risikos zu gleichen Teilen!"
Freudestrahlend sah er sich um. Der Zwerg grummelte ein wenig. Arnulf sah gleichfalls nicht begeistert aus, aber sagte zu. Zwerge konnten einem den Tag mit ihrem ewigen Gezänk verderben. Das war weithin bekannt.

Am nächsten Morgen brach Angus mit einem Dutzend Männer vom Schloss auf, um Erzherbers Werkzeug und andere Habseligkeiten sicher zum Jagdschloss zu eskortieren. Eine Handvoll Zwerge, die für Gylz arbeiteten, begleiteten sie auf Eseln.
Die Zwerge waren gedrückter Stimmung. Sie alle wussten, was ihnen unter Umständen bevorstand.
Sie waren zeitig unterwegs, um neugierigen Blicken zu entgehen. Natürlich wurde ihr Auszug aus Wartenheim trotzdem bemerkt.
Angus wollte die Handwerker schnell hinter die Mauern des Schlosses bekommen. Dort wurden starke Wachkräfte zusammengezogen. Trömso musste einige Soldaten ausleihen.

Sogar Gunda und ihr Zögling begleiteten den Zug nebenher im Wald. Die Fährtensucherin wollte erst danach zur Burg des Königs nach Sonnenfeld zurückkehren.
Karls blieb noch eine Weile unten im Dorf und sah sich um. Vielleicht würde ja jemand dem Zug zum Schloss folgen.
Die Fährtensucher hatten schon einige fremde Reiter ausgemacht, die sich jedoch schnell zurückzogen, als sie merkten dass sie Mittelpunkt des Interesses vieler Soldaten standen.
Es war ohnehin jedem klar, wohin die Zwerge mit ihrem Handwerkszeug gingen.
Arnulf ließ einige gute Männer unter der Führung von Karls die Verfolgung aufnehmen. Er wollte einen Gefangenen.
Arnulfs Männer stürmten im Galopp hinter den Flüchtenden her.
Es wurde am Ende eine stürmische Verfolgung bis über die Grenze nach Ylsten.
Leider konnten sie keinen der Späher festsetzen. Doch es war eine deutliche Warnung an alle, die sich draußen in der Ebene herumtrieben.
Der Tross erreichte indessen ohne Behinderungen das Jagdschloss.
Die Freiherrin war überrascht von den Fuhrwerken auf dem Hof.
Eilig stürmte sie auf den Hof und Angus musste ihr alles haarklein erklären.
Er zeigt den Zwergen ihre zukünftigen Werkstätten. Gern bezogen sie die alten Stallungen nicht, hier oben in den

Bergen standen ihnen zu viele Bäume auf denen irgendwelche Attentäter sitzen konnten. Angus war amüsiert, wusste aber natürlich, das ihre Angst durchaus begründet war.
Schon am Nachmittag bekam Angus dann ein Lederstück auf dem die Forderungen der Zwerge geschrieben waren. Sie brauchten so einiges um ihre Arbeit aufzunehmen. Angus war sich nun nicht mehr sicher, ob der Freiherr klug gehandelt hatte, als er sie hierher holte.
Arnulf sah sich die Wunschliste eine Zeitlang an. Dann zündete er sich eine Pfeife an.
"Ich habe nie behauptet, dass die Zwerge pflegeleicht sind", kommentierte er das gelesene.
"Wie findest du meinen Diener", fragte er seinen Kampfgefährten nebenbei. Angus wiegte den Kopf und hob die Schulter.
"Ich hab ihn erst ein, zweimal gesehen. Was soll ich sagen? Wenn du die nächsten zwei Wochen morgens noch aufstehen kannst ist er wohl in Ordnung."
Das baute Arnulf nicht besonders auf.
"Kümmre dich darum", sagte er zu Angus auf die Wunschliste zeigend.
Der knurrte unzufrieden. Er hatte gehofft, dass jemand anders das erledigen würde.

Wartenheim

Schon zwei Nächte später brach unterhalb der Grenzwarte in Wartenheim Feuer an mehreren Stellen aus.

Das dies nur zur Verschleierung diente, war Trömso sofort klar.

Er schickte sofort Boten zum Freiherrn. Er ließ sie auf verschiedenen Wegen reiten, es war ihm klar dass die Angreifer verhindern wollten, dass der Freiherr von dem Angriff erfuhr.

Ein Bote verschwand diese Nacht für immer, die anderen beiden erreichten kurz nacheinander das Schloss. Der Freiherr wurde aus dem Schlaf gerissen.

Sein neuer persönlicher Diener Baptiste rüttelte sehr nachdrücklich an ihm, bis er die Augen aufschlug. Er war erst wenige Tage in seinen Diensten und Arnulf war sich noch nicht sicher, ob er ihm trauen konnte. Seine Frau war darüber sehr erbost. Sie hatte immerhin mehrere anstellungslose Diener vorsprechen lassen. Der Diener hatte eben das Problem, das er aussah wie er aussah.

Angus hatte in Beisein des Freiherrn leise etwas von "Gesicht eines Meuchelmörders" gemurmelt.

"Der Freiherr wird dringend unten am Grenzweg gebraucht! Wenn ich es richtig verstanden habe sind mehrere Brände unterhalb der Grenzwarte ausgebrochen."

Arnulf sprang aus dem Bett. Er warf sich nur einen Morgenmantel über und rannte die Treppe herunter.

Die Boten standen ungeduldig vor der Tür, denn Trömso hatte klar angewiesen, das sie sofort den Freiherrn mitbringen sollten.
Angus kam im Nachtrock mit einem Schwert in der Hand ebenfalls zu Schloss gerannt.
Der Freiherr hörte sich kurz die Nachricht an. Angus sollte sofort ein Dutzend Männer aus den Betten holen.
"Wir brechen unverzüglich auf", rief Arnulf

"Die Brandstifter werden wiederkommen", sagte Trömso und sah den Männern hinterher.
"Irgendwann werden sie bekommen was sie wollen", stimmte Angus ihm zu. Er hielt nichts von diesem merkwürdigen Vorhaben, ein Fernrohr zu besitzen. Es brachte nur Ärger, wie man sah.
"Dann werden wir ihnen etwas geben, was sie zufriedenstellt!" Angus sah den Freiherrn verwirrt an.
"Nach all dem Chaos willst du ihnen das Rohr doch überlassen?"
"Das habe ich nicht gesagt", antwortete Arnulf. Sein Befehlshaber der Grenzwarte sah ihn verwirrt an.
Arnulf lächelte ihn nachsichtig an.
"Ich habe nur gesagt, wir geben ihnen was sie wollen."
"Was wollen sie", fragte Angus nun anders herum. Ihm war immer noch nicht klar, worauf der Freiherr hinaus wollte.
Trömso blicke verständnislos von einem zum Anderen.

Des Königs Herold ritt mit einer Abteilung Soldaten am Nachmittag in den Hof des Jagdschlosses ein.
Arnulf gefiel das überhaupt nicht. Aber natürlich konnte er den Gesandten des Herrschers nicht abweisen.
Der Herold sprang von seinem großen Schimmel und ging zielgerichtet zum Schloss.
Die Hausherrin öffnete persönlich die Tür. Im Gegensatz zu ihren Mann freute sie sich über den Besuch.
Der Herold verneigte sich artig.
"Welcher gute Wind treibt Euch hierher, Herold?" Die Hausherrin strahlte den Reiter an.
"Ihr seid zum Hofe des Königs eingeladen", sagte der Gesandte.
"Kommt doch herein und lasst eure Männer sich etwas ausruhen, bevor Ihr wieder aufbrecht!"
Der Herold gab ein Zeichen und seine Eskorte saß ab. Sie konnten sich im Speisesaal des Gesindes stärken.
Arnulf hatte sich etwas Angemessenes übergezogen und begrüßte den Herold.
"Schön dich wiederzusehen, Freiherr", sagte der Herold. Er konnte sich die Vertraulichkeit erlauben, denn er hatte schon einige Abenteuer mit dem Freiherrn durchgestanden.
Sie zogen sich in ein kleines Turmzimmer zurück.
"Ich glaube, Ihr seid euch nicht im klarem darüber welche Kreise euer Abenteuer inzwischen gezogen hat", sagte der

Herold mit leicht tadelndem Unterton. Das stand ihm nicht zu, aber es störte Arnulf nicht.
"Was wollt ihr mir damit sagen, Herold?" Arnulf war nicht in der Stimmung um den heißen Brei herum zu reden.
"Es sind einige diplomatische Unstimmigkeiten zu Tage getreten."
"Seit wann betreiben wir mit Wairnasund Diplomatie. Es ist doch immer so gewesen das die Leute vom Gelben Meer etwas fordern und wir geben es ihnen anstandslos."
Der Herold lächelte nachsichtig.
"Wir haben ihnen nicht viel entgegenzusetzen."
"Werden wir auch nie, wenn wir ihnen jeden Vorteil den sie verlangen, gewähren", erwiderte Arnulf mit Überzeugung.
"Ich kann Euch versichern, dass es hier in den Bergen einige Leute gibt, die so denken wie Ihr", sagte der Herold leise.
"Leider gehört unser König nicht dazu."
"Ich könnte Euch beweisen, dass die Gäste vom Gelben Meer wesentlich mehr Truppen mitgenommen haben als die Eskorte, die jetzt an der Burg des Königs angelangt ist."
Der Herold zeigte sich überrascht. "Ihr meint, sie führen etwas ganz anderes im Schilde?"
"Denkbar wäre eine Allianz mit Hagenar, damit er endlich Bergisch-Bachland übernehmen kann. Sylvia träumt doch schon seit Jahren davon", führte der Freiherr aus.
"Er wäre dann nur ein Vasall von Wairnasund", stellte der Herold fest. Er stand auf und sah aus dem Fenster.
"Vielleicht würde ihn das nicht weiter stören, das Gelbe Meer ist schließlich weit weg!"

"Was hätte er ihnen zu bieten", sinnierte der Herold.
Arnulf sah ihn an. Das Naheliegenste war unübersehbar.
"Holz", sagte Arnulf. Der Herold sah ihn erstaunt an.
"Holz für die Schiffe. Gutes Eichenholz zum Bauen. Vielleicht auch Kohle."
Der Herold lächelte. "Das hast du dir schon alles überlegt?"
Der Freiherr sah aus dem Fenster und blieb stumm. Er fragte sich einmal mehr, wie der König ohne die geringste Weitsicht, so lange sein Reich zusammenhalten konnte. Vielleicht gab es ja noch den einen oder anderen Berater, der über die nötige Fantasie verfügte.
"Wir wären besser dran, wenn wir es ihnen verkaufen würden. Nur zu hoffen, dass sie uns einfach nur nichts tun, wenn wir ihnen das geben, was sie wollen, wäre unglaublich dumm!"
"Das sind gefährliche Gedanken, die man für sich behalten sollte. Unser König will Krieg unbedingt vermeiden!"
"Er will vor den tätowierten Seeräubern lieber auf die Knie fallen?"
Der Herold drehte sich ohne ein Wort um und stieg die Treppe hinab.
"Du wirst in zwei Tagen erwartet! Du solltest auf jeden Fall für deinen Schutz sorgen!"
Arnulf sah dem jungen Mann nachdenklich hinterher.

Der Weg zum König

Der Freiherr hatte sich Angus und den neuen Fährtensucher Jergo ausgesucht, um einen kleinen Umweg zu nehmen, bevor er zur Burg des Königs ritt. Sie trieben ihre Pferde heftig an. Im Tannengrund bekam er von seinem dortigen Bannwart Lothar frische Pferde. Sofort machten sie sich wieder auf den Weg.

Arnulf war sich sicher, dass er verfolgt wurde. Darauf konnte er jetzt keine Rücksicht nehmen.

Er blieb am Rand des Gebirges. Er hoffte inständig dort einen alten Bekannten zu treffen.

Da er wenig Mittel hatte, um einen Angriff aus Wairnasund abzuwehren, wollte er sich bei einem ehemaligen Verbündeten in Erinnerung bringen.

Es durfte nicht sonderlich schwer sein die Orks zu finden. Er hatte seinen Begleitern noch nichts von seinem Plan eröffnet. Angus würde mit Sicherheit etwas dagegen haben mit den Orks zu paktieren.

Und Jergo war einfach noch zu jung, um eine Meinung darüber zu haben.

Die drei Reiter brauchten auch nur die Spuren zu lesen. Verwüstete Gehöfte, aufgegebene Lager.

Gwond und seine Orks konnten nicht weit sein.

Sie wurden offensichtlich schon eine Weile begleitet von den hässlichen Gestalten. Arnulf wusste nicht, welchem Umstand sie es zu verdanken hatten, dass sie noch lebten. Ihnen

stellten sich ein halbes Dutzend Orks in den Weg ohne jedoch eine Waffe gegen die Reiter zu erheben.
Arnulf hob die Hand und die Reiter hielten vor den Kriegern an.
"Unser General hat uns befohlen, euch nicht zu töten", sagte der Anführer der Truppe. Er sah aus, als bedauerte er dies sehr.
Jergo sah Arnulf fragend an. Der schüttelte den Kopf.
"Wir werden nicht fliehen!"
"Was willst du von den Orks", fragte Angus misstrauisch. Er hatte schon gesehen, dass der Freiherr mit dem General paktiert hatte. Das hatte ihm schon damals nicht gefallen.
"Wir werden ziemlich allein sein, wenn die Truppen aus Wairnasund den Grenzweg hoch kommen", sagte der Freiherr knapp.
"Der König wird uns keine seiner Soldaten schicken?"
"Nach allem was ich erfahren habe nicht."
Angus sah ratlos aus. "Aber Ylstenbyrg könnte Hilfe schicken!"
"Die werden ihre Tore schließen und hoffen dass keiner von denen Einlass fordert."
"Alles nur wegen dem ...," Angus verstummte. Arnulf hatte ihn derb angestoßen.
"Du glaubst doch nicht, dass wir allein sind", tadelte er den ehemaligen Tunnelkämpfer.
Angus sah sich um und konnte außer den Orks natürlich niemanden sehen.
Jergo sah den Freiherrn fragend an.

"Ich dachte die Vier Reiter sind unsere geheime Eskorte", fragte er den Freiherrn.
"Du hast sogar vier gezählt? Wir müssen uns ihrer entledigen!"
"Unser General hat das auch gesagt", sagte einer der Orks grinsend. Einige Augenblicke später rannten zwei reiterlose Pferde auf die Orks zu. Es waren sehr schlanke Tiere. Nicht die Rassen, die in den Bergen hauptsächlich geritten wurden. Wortlos verfolgten die Männer die Pferde mit Blicken. Das nächste Pferd schliff seinen toten Reiter hinter sich her. Er hatte sich an einem Riemen verfangen. Die Orks nahmen das vergnügt zur Kenntnis.
"Sie dürften euch nicht mehr in die Quere kommen", stellte der Anführer der Orks fest und lachte.
Einen Ork Lachen zu sehen ist für einen normalen Menschen kein Vergnügen.
"Nun sind sie von so weit her gekommen, nur um zu sterben von der Hand der Orks!"
Arnulf wollte nun mit Gwond reden. Die Orks führten ihn ein Stück den Wald entlang. Dann zeigte der Anführer den Berg hoch.
Bis kurz vor dem Lager konnten sie keine Geräusche hören, die darauf hindeuteten einer bedeutenden Anzahl von Orks gegenüberzustehen.
Angus sog heftig Luft ein, als er das quirlige Feldlager der Orks sah. Viele kamen auf sie zu und sahen sich die Ankömmlinge an. Arnulf fühlte sich, als wenn der Abdecker ihn maß nahm.

Seine Begleiter wurden nur von seiner Anwesenheit abgehalten in den Wald zu flüchten.
Gwond lächelt den Ankömmlingen entgegen. Für sein Lächeln galten allerdings keine menschlichen Maßstäbe.
Er hob Arnulf etwas hoch und stellte ihn dann wieder vorsichtig zur Erde.
"Was hast du für merkwürdige Besucher eingeladen in unsere Berge", fragte er und wies einen toten Krieger mit fremdartiger Kleidung.
"Sie kommen vom Gelben Meer und wollen dem Menschenkönig auf dem Sonnenfeld etwas Angst machen", antwortete Arnulf. Gwond sah sich den Toten an.
"Was ist an ihnen so besonderes, das dein alter König solche Angst vor ihnen hat?"
"Es sind eben sehr viele", antwortete der Freiherr. "Der König von Wairnasund hat die größte Armee auf dieser Seite der Welt.
Gwond schaute sich um. Überall wimmelte es von Orks. Er schien nachdenklich.
"Du denkst, es sind mehr als meine Krieger?"
Arnulf nickte stumm. "Sie werden uns wie eine Feuerwalze im Sommer verzehren", sagte er schließlich.
Gwond grinste ihn kurz darauf an. "Ich denke du willst mir jetzt gleich sagen, dass wir uns gegenseitig helfen sollen."
"Du bist wirklich ein schlauer General", schmeichelte der Freiherr dem riesigen Ork.
"Aber die Gnolls brauchen wir doch nicht auch noch?"

Arnulf wusste natürlich, dass die Orks und Gnolls verfeindet waren. Gelegentlich verbündeten sie sich aber auch, wenn es die Situation erforderte.
"Ich hoffe es", sagte Arnulf diplomatisch. Man konnte wirklich nicht wissen, was die Zukunft brachte.
Das Bündnis war kein Sicheres, aber besser als keines.
Er verabschiedete sich von dem Orkgeneral in aller Form.
Angus atmete erst auf, als sie schon ein ganzes Stück von dem Lager ihrer einzigen Verbündeten entfernt waren.
Sie hatten jetzt die Seite der Berge erreicht, an deren Fuße das Sonnenfeld grenzte. Jergo sah sich skeptisch um. Er ritt ein Stück voraus, etwas hatte ihn misstrauisch gemacht.
Arnulf hatte das gleiche Gefühl. Es waren Feinde in der Nähe!
Er befürchtete, dass er hier nur beschäftigt werden sollte, während die Grenzwarte schon belagert wurde. Alles in ihm drängte zur Rückkehr zum Schloss. Aber es war wahrscheinlich schlimmer, wenn er jetzt den König allein ließ. Sie mussten einfach weiter!
Sie konnten kurz darauf fremde Reiter auf dem benachbarten Hang rechter Hand sehen. Sie waren stehen geblieben und schienen unschlüssig. Es wurden Späher losgeschickt. Suchten sie ihn etwa? Wer hatte sie informiert, dass er zum Sonnenfeld unterwegs war?
Vorerst war er vor den Spähern sicher. Er war in der komfortablen Position über ihnen zu sein und konnte alle ihre Bewegungen beobachten. Aber er musste weiter!
Ein heranrauschender Pfeil belehrte ihn sogleich, dass sein Trupp entdeckt war.

Einer der feindlichen Reiter machte ihm ein Zeichen, das er ihn sah. Er machte auch seine Kameraden auf seine Entdeckung aufmerksam.
Jergo hatte seinen Langbogen schon in der Hand und schickte ihm die Antwort. Der Reiter fiel mit einem Schrei von seinem Pferd.
Sie mussten sich jetzt wirklich beeilen, auch wenn ihre Verfolger einige Zeit brauchen würden, um diesen Hang zu erreichten.
Sie trieben ihre Pferde an. Doch ihre Verfolger waren plötzlich verschwunden. Drüben auf dem anderen Hang waren Kampfgeräusche zu hören. Schmerzensschreie hallten zu ihnen herüber.
"Das sind wohl die Orks", mutmaßte Angus.
"Das wird uns die Zeit verschaffen, die wir brauchen", entgegnete Arnulf nur.
Am späten Nachmittag erreichten sie das Sonnenfeld. Die alte Festung wurde von Söldnern aus allen Himmelsrichtungen umlagert. Zelte mit bunten Wimpeln waren auf jedem Rasenstück aufgebaut. Auf den ersten Blick sah es aus, als würde hier demnächst ein Turnier ausgetragen werden, so wie es in alten Zeiten gelegentlich veranstaltet wurde.
Der Reitertrupp bahnte sich den Weg durch das Gewimmel. Unruhe machte sich in dem Freiherrn breit, als er auch eine Anzahl Soldaten aus Wairnasund bemerkte, die sich hier ganz selbstverständlich bewegten. Waren sie ein Druckmittel oder nur die Begleitung ihres Gesandten? Arnulf ging davon aus,

dass hier Fakten geschaffen werden sollten. Wie sollte Bergisch-Bachland die Gäste wieder loswerden, wenn sie sich weigerten das Sonnenfeld zu verlassen?
Der sieche König hatte kaum noch die Macht in der Hand. Sein Bruder würde sich fraglos mit den Männern vom Gelben Meer verbünden, wenn sie ihm auch nur das kleinste Zugeständnis machen würden.
Der Vogt wäre noch der einzige halbwegs vertrauenswürdige Mann hier in den Bergen. Der restliche Adel würde wie immer sein Fähnchen in den Wind hängen.
Der Herold kam ihm zu Fuß entgegen. Aus dessen Miene konnte Arnulf nichts ablesen.
"Du kommst sehr spät", stellte er fest. Es klang beinahe wie ein Tadel.
"Es war nicht sicher, ob ich es überhaupt hierher schaffe, Herold!"
Der sah ihn überrascht an und wartete auf eine Erläuterung.
"In den Wäldern patrouillieren schon Reiter aus Wairnasund!"
"Wie hast du es trotzdem geschafft", fragte der Herold.
"Ich hatte Hilfe von einer Seite, die ihr nicht für gut halten würdet!"
"Ich will es also nicht wissen?"
"Du solltest es auf keinen Fall wissen! Auch du musst davon ausgehen bespitzelt zu werden. So gibt es vielleicht noch eine kleine Überraschung, wenn es zur Entscheidung kommt!"
"Rechnest du damit", fragte der Herold besorgt.

"Ich war schon überrascht, Soldaten aus Wairnasund vor dem offenen Tor zu sehen", sagte Arnulf leise. "Es war der ausdrückliche Wunsch unseres Herrschers, den Verhandlungsführer vom Gelben Meer Vertrauen entgegen zu bringen."
"Kam die Order nicht viel mehr von Hagenar?"
Der Herold hob die Schultern. "Ich habe noch einiges Fußvolk nahebei in einem Lager hinter dem Buchenhut zu liegen."
Arnulf nickte anerkennend. Der Buchenhut war ein Ausläufer des Gebirges nur eine halbe Stunde entfernt.
"Hat der Vogt auch einige Leute dabei", fragte der Freiherr und sah sich besorgt um.
"Er ist mir noch gar nicht begegnet", antwortete der Herold mit betretener Stimme. Sie hatten wirklich wenig Hilfe, wenn es zum Äußersten kommen sollte und damit rechneten beide fest.
"Du solltest jetzt dem König deine Aufwartung machen", empfahl der Herold.
Arnulf seufzte und machte sich auf den Weg zu dessen Gemächer. Angus blieb an seiner Seite. Die Wachen ließen die beiden anstandslos in den Palast eintreten. Arnulf nickte ihnen zu. Er legte sich ein paar Worte für den alten Mann auf dem Thron zurecht.
Jergo würde nach Fährtensuchermanier draußen an den Hängen der Berge bleiben, und sich umsehen.

Im Verließ

Doch wenige Meter vor der Tür versperrten Hagenar und einige aus seinem Gefolge Arnulf den Weg. Sie hatte alle Waffen in den Händen. Er schob Angus zurück in den Gang hinter sich. So hatte der die Möglichkeit Hilfe zu organisieren.
"Du brauchst dir keine falschen Hoffnungen zu machen, Freiherr! Hier kommst du nicht mehr heraus. Jedenfalls nicht lebend!"
Hagenar sagte das sehr abschätzig.
"Ich glaube mich zu erinnern, dass ich dich schon einmal als Gast bei mir hatte. Diesmal wird es dir nicht gelingen davon zu fliegen!"
Kräftige Hände packten Arnulf und zerrten ihn hinter sich her. Eine Tür wurde geöffnet und Hagenar stieß seinen Gefangenen persönlich eine Steintreppe hinunter.
Es gab hier keinen Fluchtweg für Arnulf, das wusste er sofort.
"Ich werde dich fürs Erste ins hiesige Verließ bringen. Aber wenn hier alles geklärt ist, werde ich dich natürlich als meinen persönlichen Gast mitnehmen", sagte der Bruder des Königs hämisch. Er wollte tatsächlich immer noch die alte Rechnung begleichen.
Er dreht sich noch einmal zu Arnulf um.
"Mach dir keine Hoffnung, mein geliebter Bruder wird nicht mehr viele Atemzüge übrig haben, um etwas für dich zu tun! Nach meiner Krönung, werden hier andere Regeln gelten! Es wird keine Nachsicht für Leute wie dich geben!"

Er wurde rücksichtlos die kalten Stufen hinab zu den Verliesen gestoßen. Niemand der Schergen des Königs machte Anstalten ihm zu Seite zu stehen. Offensichtlich ging Jedermann davon aus, das Hagenar sehr bald der neue Burgherr sein würde.
Arnulf fand sich wenig später in fast völliger Dunkelheit wieder. Er blieb eine Weile stehen um sich an die Dunkelheit zu gewöhnen. Er hörte ganz leises Atmen in dem Raum.
"Wer ist noch hier", fragte er in die Dunkelheit.
"Ein Kaufmann", sagte eine brüchige Stimme.
"Sei gegrüßt Kaufmann", erwiderte Arnulf betont munter. Immerhin war er hier nicht allein.
"Ich wurde angeklagt gewuchert zu haben", antwortete der andere Gefangene. Es klang fast wie eine Entschuldigung.
"Wer hat dich denn angeklagt", fragte Arnulf interessiert.
"Tut mir leid Herr, ich bin fremd hier in den Bergen und kenne hier niemanden. Ich weiß es nicht!"
Arnulf tastete die Wände ab. Es war nicht ausgeschlossen, dass es eine Luke gab durch die sie belauscht wurden. Er konnte nur hoffen, das Angus irgendwie im Stande war dem Herold oder dem Vogt über seine Lage zu informieren.
"Woher kommt ihr, Kaufmann", fragte Arnulf, um sich etwas abzulenken. Er war ärgerlich auf sich selbst, dass er so blauäugig in die Burg gekommen war. Er lauschte in Dunkelheit, aber nicht einmal Wachen schienen vor der Tür zu sein.
"Ich komme von weither, kennt ihr vielleicht Wolfenheim? Ich bin hierhergekommen, um zu sehen, ob man mit den

hiesigen Leuten gute Geschäften machen kann. Man hat mich nicht einmal angehört", rief der andere Gefangene empört.

Irgendwann waren die beiden Gefangenen trotz der feuchten Kälte eingeschlafen. Arnulf schreckte von einem leichten Kratzen an der Tür auf.
Aber es waren wohl nur Ratten auf der Suche nach etwas zu fressen.
Es gruselte Arnulf, das er irgendwann das Fressen für die Ratten sein würde, wenn er nicht bald hier heraus kam. Er hatte inzwischen kein Zeitgefühl mehr und lauschte auf das leise Jammern des anderen Gefangenen.
"Was wolltest du hier in Bergisch-Bachland", fragte er den anderen Gefangenen, damit er zu greinen aufhörte.
"Ich wollte hier mit jemand Hochgestellten über eine Handelsniederlassung verhandeln", bekam er zur Antwort.
"Es ging um Vorrechte gegenüber anderen Händlern oder irre ich mich, " sagte der Freiherr.
"Nein, nein. Wir haben überall Warenhäuser, die unter unser Recht fallen, aber hier in den Bergen noch nicht."
Arnulf lachte leise. "Da gilt dann nur euer Recht und wir Einheimischen dürfen euch dann nicht hineinreden?"
"Das Leben eines Händlers ist verdammt hart", sagte der unsichtbare Gefangene mit ein wenig Empörung in der Stimme.

"Wie das aller Menschen hier, natürlich mit einigen Ausnahmen", erwiderte der Freiherr, dann widmete er sich wieder seiner Beschäftigung und tastete die feuchten Wände ab. Es war hier ein ungesundes Klima, das er nicht lange über sich ergehen lassen wollte.
"Wer ist dein Herr, wenn ich fragen darf", fragte Arnulf in die Dunkelheit.
"Das ist der weithin bekannte Kaufmann Demoritz."
Arnulf hatte diesen Namen noch nie gehört, also ließ er das Thema fallen.
Er hoffte immer noch, das Angus den Herold von seiner prekären Lage zu benachrichtigen vermochte.
Natürlich würde Hagenar versuchen erst Fakten zu schaffen, ehe er Arnulf aus diesem Loch herausholte, wenn er das überhaupt vorhatte.
Die Stunden zogen sich dahin. Es drang kein Geräusch zu ihnen. Der Freiherr verlor bald jedes Zeitgefühl und lehnte im Halbschlaf an der feuchten Wand.
Als sie Stimmen vor dem Eichentor hörten, hob Arnulf kaum den Kopf. Vielleicht bildete er sich das ja nur ein?
Doch ein dumpfer Schlag gegen das Holz ließ ihn aufhorchen.
Jemand versuchte, mit einem großen Schmiedehammer das Schloss zu sprengen. Es dauerte noch eine nervenaufreibende Weile, bis dies schließlich gelang.
Angus und einige andere Männer drängten, mit Fackeln in der Hand, in das Verließ. Die Helligkeit der Flammen schmerzten die Augen.

Sie hakten Arnulf kurzerhand unter und schleppten ihn zur Treppe.
Der gefangene Händler jammerte in der Ecke. Einer der Soldaten erbarmte sich und zerrte ihn ebenfalls die Treppe hinauf.
"Wir müssen möglichst schnell hier raus, Herr", sagte Angus hastig. "Die Lage in der Festung ist mittlerweile etwas angespannt!"
Endlich bekamen die beiden Gefangenen auch etwas zu trinken. Es hatten sich noch einige von Arnulfs ehemaligen Mitstreitern aus alten Fährtensucher-Zeiten dazugesellt. Sie deckten mit ihren Schildern den Freiherrn.
"Was ist geschehen", fragte Arnulf wissbegierig. Sein Kopf dröhnte von der kalten, verbrauchten Luft in dem Verließ.
"Hagenar hat die Krone von seinem Bruder gefordert! Er hat gedroht sich den Thron mit Gewalt zu nehmen!"
"Der König hat seinen Bruder sofort festgesetzt und will ihn hängen", erklärte ein alter Hauptmann.
Sylvia würde jetzt das Zünglein an der Waage sein, vermutete der Freiherr.
"Was macht der Vogt", fragte er Angus.
"Du wirst ihn gleich treffen", bekam er zur Antwort.
Arnulf hatte dem alten König gar nicht mehr so viel Kraft zugetraut. Doch der drohende Verlust des Thrones hatte in ihm wohl noch einmal alle Energie freigesetzt. Er bäumte sich ein letztes Mal gegen die Habgier seines Bruders auf.
Seine Leibwache lieferte sich heftige Duelle mit den Gefolgsleuten Hagenars.

Es gab etliche Tote auf beiden Seiten zu beklagen. Erst einige Stunden später gewannen die Königstreuen Männer schließlich die Oberhand innerhalb der Festungsmauern.

Angus stieg eilig die Treppe hoch. Er wollte das Tor zum Raum der Wachmannschaft besetzen. Zu seinem Erstaunen war niemand dort. Er hörte aber, dass ein Stück weiter gekämpft wurde. Er winkte den Männern ihm zu folgen.
Vor der Treppe zu den Verließen rangen mehrere Soldaten miteinander. Ein Armbrustschütze versuchte ohne Erfolg, ein Ziel zu finden. Auch für Angus war nicht ersichtlich, wer dort mit wem kämpfte.
Mit dem Eintreffen von Soldaten des Vogtes änderte sich die Situation. Jetzt waren die Königstreuen in der Übermacht und ihre Gegner verliefen sich auf dem Hof.
Arnulf wurde recht unsanft ins Freie geschoben. Er fühlte sich etwas schwach.
"Wir müssen dich aus der Festung bekommen", rief der hinzugetretene Vogt mit einem Blick auf den angeschlagenen Freiherrn und sah sich um.
"Du siehst schlecht aus, Freiherr!" Der Vogt sagte dies, ohne eine Miene zu verziehen. Es war kein Bedauern in seiner Stimme, er hatte nur eine Feststellung getroffen.
"Das muss wohl an dem miserablen Essen da unten liegen", gab Arnulf zurück.

Überall in der Festung standen sich Bewaffnete gegenüber. Aber alle warteten auf weitere Anweisungen. Es brachen jedoch keine weiteren Scharmützel aus. Die Hauptleute warteten jetzt ab, wer nun in der Festung das Zepter in die Hand nahm.
Der Freiherr konnte nun hören, dass versucht wurde, von außen das Tor zur Festung aufzubrechen. Auf den Zinnen sammelten sich Bogenschützen und schossen ihre Pfeile auf das Sonnenfeld. Den Farben nach waren es Männer des Königs.
Vor der Festung wurde in Hörner gestoßen und Befehle gerufen.
Stand tatsächlich ein Sturm auf die Festung Sonnenfeld bevor?
"Ist die Festung wirklich in unserer Hand", fragte Arnulf den Vogt. Der sah ihn mürrisch an.
"Ich glaube nicht. Wir wissen nicht einmal, wie viel von Hagenars Männern innerhalb der Mauern stehen!"
Der Kommandant der Königsfeste, General Tandes, war ein erfahrener Mann. Er ließ die Mauern bemannen und die Türen und Tore verrammeln. Soldaten der Festung durchsuchten alle Räume einschließlich die der Gäste und der Königin nach versteckten Feinden.
Auf dem Hof trieben sie eine ganze Anzahl Männer zusammen. Darunter waren viele fremde Söldner. Dem Kommandanten war klar, dass diese Masse an feindlichen Soldaten eine große Gefahr darstellten.

Eine Reihe Armbrustschützen trat an und feuerten auf die Gefangenen. Das würde auf jeden Fall später Folgen nach sich ziehen, die jetzt noch niemand abschätzen konnte.
Den hohen Offizieren aus Wairnasund wurde jedoch freies Geleit bis zum Tor gewährt. Auch einige Verwandte der Königin durften die Festung verlassen. Die Diener und Wächter der Adligen hatten ein weniger tröstliches Los. Keinem wurde die Freiheit geschenkt. Sie lernten jetzt die Verließe der Festung kennen.

"Ich muss zur Grenzwarte", rief Arnulf mit schwacher Stimme zum Vogt. Der verstand zwar sein Ansinnen, winkte jedoch ab. Der Vogt befand ihn zu schwach für diesen Ritt.
"Du schickst jemanden zuverlässiges hin! Sieh dich an, du bist noch viel zu schwach für solch einen Ritt!"
"Ich werde es schon schaffen", wiedersprach der Freiherr.
"Dann muss ich dich wohl in Ketten legen lassen müssen", stellte der Vogt fest. "Zu deinem eigenen Schutz!"
"Wir werden ihm einen Pferdewagen besorgen", lenkte Angus ein. Der Vogt hatte Recht, der Zustand seines Herren war bedenklich. Er hatte ohne Wasser und Brot zwei Tage in dem Verließ zugebracht.
Einige Zeit später wurde Arnulf auf ein kleines Fuhrwerk gehoben, das Getreide zur Festung gebracht hatte. Der Bauer drängte sich trotz allem mit auf das Fuhrwerk. Er wollte der kommenden Schlacht um die Festung entkommen.

So rumpelte der Wagen kurz darauf aus dem Tor der Festung.
Im Nachhinein wurde ihnen klar, dass sie die letzten waren, die aus der Festung herausgekommen waren, bevor der Belagerungsring geschlossen wurde.
Aber Sonnenfeld war eine solide gebaute Festung und ließ sich nur durch Verrat im Handstreich nehmen.
General Tandes war ein umsichtiger Mann und ließ sofort jeden Fremden in den Mauern arretieren. Sogar die Leibdiener der Königin wurden inhaftiert. Der General sah die Gefahr durch Verrat für zu groß an. Er ging auch nicht auf den Anordnungen der Königin ein, sie wieder freizulassen. Im Gegenteil, er ließ sie in ihren Gemächern von zuverlässigen Veteranen bewachen. Er hatte große Vorbehalte auch gegen sie.
Als sich das Tor hinter den Männern des Freiherrn schloss, wurden Balken aufgelegt. Die kleinen Nebentore wurden ebenfalls verschlossen.
Trotzdem stieß jemand innerhalb der Burg in ein Signalhorn. Sofort waren die Truppen aus Wairnasund auf den Beinen. Es kam zu einigen Kämpfen mit Söldnern der anderen Parteien.
Zu Arnulfs Erstaunen wurden er und seine Begleiter von einer Abteilung der Grenzwarte in Empfang genommen. Trömso hatte sie aus Sorge um den Freiherrn geschickt. Auch er hatte inzwischen Nachricht von der Belagerung erhalten. Sie wurden von einigen Reitern verfolgt. Doch eine Handvoll Fährtensucher hielt sie auf.

Arnulf wurde trotzdem sie auf dem Postweg fuhren arg durchgeschüttelt. An einem Kreuzweg wurden sie dann unerwartet aufgehalten. Ein Kommando Orks stand dort ohne sich zu rühren.
"Dein König behandelt dich nicht gut", sagte eine bekannte dröhnende Stimme neben dem Wagen. Arnulf steckte den Kopf durch das Fenster.
"Du hast deine Augen wohl überall", rief er zu dem Orkgeneral. Dessen hässliches Gesicht war für den Freiherrn beinahe ein Grund aufzuatmen.
"Mein König wird wohl bald in die Dunkelheit gehen, er ist das kleinste Problem", sagte er dann zu dem riesigen Ork.
"Was wollen die vielen fremden Soldaten hier in unseren Bergen", fragte Gwond und sah den Freiherrn aufmerksam an.
"Sie sollen wohl herausfinden, was es hier zu holen gibt", antwortete Arnulf müde.
"Wir müssen weiter", sagte Angus mit fester Stimme und stellte sich neben den Orkgeneral.
"Ihm ist nicht wohl, General." Es klang halb entschuldigend, doch der Gwond nickte nachsichtig. Auch er konnte erkennen, dass der Freiherr etwas mitgenommen aussah.
"Ich werde für euch die Festung im Auge behalten!"
"Das ist ein kluger Zug von dir", erwiderte Arnulf erfreut.
"Wir Orks mögen nicht noch mehr Menschen hier in den Bergen haben", erklärte Gwond grinsend. Er hatte sicherlich die Wahrheit ausgesprochen.

Arnulf nickte müde. Die Orks gaben den Weg frei und verschwanden zwischen den Bäumen.
"Meint ihr, das sind gute Verbündete", fragte einer der Hauptleute aus der Grenzwarte etwas empört.
"Sie sind im Augenblick die Zuverlässigsten, die wir haben", erwiderte der Freiherr mit Bestimmtheit. Kraftlos sank er wieder auf den Strohsack, den er als einzigen Komfort hatte. Der Freiherr war bald darauf eingeschlafen.
Als der Wagen weit nach Mitternacht auf dem Hof des Jagdschlosses hielt, stieg Arnulf etwas erholt selbst aus und wurden von seinem Diener Baptiste sofort energisch ins Haus geschoben. Sein Diener ließ keinen Zweifel daran, dass sein Herr sofort ins Bett gehörte. Er sah die Begleiter des Freiherrn finster an. Sie hatten sofort das Gefühl, schuld zu sein an dessen Zustand und verabschiedeten sich schnell.
Die Hausherrin war bestürzt über den Anblick ihres Mannes.
"Was ist geschehen", fragte sie erbost. "Wer hat dir das angetan?"
"Auf dem Sonnenfeld steht es nicht zum Besten für unsere Sache. Die Festung wird belagert und der Bruder des Königs wurde festgesetzt."
"Wohin soll das alles führen", fragte die Freiherrin erschüttert.
"Entweder schafft es der König sich zu behaupten oder Bergisch Bachland fällt an die Leute vom Gelben Meer, " antwortete Arnulf lakonisch, "Oder noch schlimmeres!" Er war sehr müde und brauchte dringend ein Bad.

"Aber das können wir doch nicht zulassen, "rief seine Frau aufgebracht. Arnulf war zu müde um etwas Sinnvolles zu entgegnen.
Baptiste stellte sich demonstrativ in die Tür und sah die Freifrau auffordernd an. Nach einer Weile drehte sie sich wortlos um und verließ die Etage.
"Hast du eine Idee", fragte Arnulf seinen neuen Diener. Der blieb steif stehen.
"Wenn wir den König unterstützen, sollten wir das nicht unbedingt so öffentlich machen", sagte er nachdenklich.
"Du meinst, falls er sein Reich verliert?"
Baptiste nickte. Zu diesem Schluss war der Freiherr auch schon gekommen. Er musste mit allem rechnen, es gab einige denkbare Möglichkeiten wie die jetzigen Ereignisse am Ende ungünstig ausgehen konnten.

Am nächsten Morgen fühlte sich Arnulf schon etwas besser. Er hatte immerhin einige Stunden schlafen können.
Nach dem guten Frühstück meldete Baptiste einen Zwerg, der ihn dringend sprechen wollte.
Seufzend begab sich der Freiherr in den Gästesaal. Von hier konnte man gut das Treiben auf dem Schlosshof verfolgen.
Gylz Erzheber saß unruhig auf einem Stuhl. Er pendelte mit seinen kurzen Beinen aufgeregt hin und her.
"Ich wollte Euch mein erstes Probemodel vorführen. Ihr hattet es doch eilig, oder irre ich mich? Vielleicht findet es euer Wohlwollen."

Arnulf war sofort hellwach. Er fühlte sich immer noch matt, aber die Neugier brachte ihn auf die Beine.
"Dann zeigt es mir jetzt, ich bin in Eile! Es ist viel in Bewegung derzeit."
Der Zwerg nickte verstehend. Aber er sah auch einen müden Mann vor sich, der sich kaum auf den Beinen halten konnte.
"Auch wir Zwerge haben unsere Kanäle, ich denke ich bin im Bilde über das, was gerade auf dem Sonnenfeld geschieht."
"Es hängt viel davon ab, dass der König wenigsten noch eine Zeitlang auf dem Thron bleibt."
"Das wäre sicherlich für alle besser", fügte Gülz Erzheber vorsichtig hinzu. "Doch niemand lebt ewig! Warum gebt ihr ihn nicht in die Obhut eures Sohnes, er soll außergewöhnlich begabt sein auf seinem Gebiet?"
Arnulf sah ihn entgeistert an. Diesen Gedanken hatte er bisher immer verworfen, um ihn aus den Ränkespielen der Mächtigen herauszuhalten. Dort konnte man sein Leben schnell verwirken.
"Führt mir nun euer Fernrohr vor", forderte der Freiherr ohne auf die Frage einzugehen.
Der Zwerg verneigte sich leicht und legte ein sauber eingepacktes Bündel auf den Tisch.
"Es wäre praktisch, wenn wir einen Ort aufsuchen würden, von dem wir einen weiten Blick in die Ebene hätten", erklärte der Zwerg etwas wichtigtuerisch.
Arnulf nickte stumm und stand auf. Sofort war Baptiste zur Stelle und öffnete die Tür zum Treppenhaus.

Sie stiegen langsam die knarrenden Treppen bis zum Turm hoch. Der Zwerg war ebenfalls völlig außer Atem, als sie endlich den letzten Absatz erreicht hatten.
"Das Rohr ist noch nicht ganz fertig, seht euch also bitte etwas vor", merkte Erzheber an.
Der Freiherr sah den Zwerg belustigt an und nickte dann. Mit beiden Händen hielt er das Fernrohr vorsichtig fest und sah durch die Linsen. Langsam verschob er sie zueinander. Der Zwerg lächelte glücklich, als Arnulf zufrieden knurrte.
"Die Linsen müssen noch richtig befestigt werden", stellte Arnulf fest.
"Das ist keine große Sache Herr", antwortete der Zwerg. "Ich wollte erst wissen, ob dieses Modell eure Zustimmung findet Herr."
Arnulf war derweil überrascht, wie dicht Ylstenbyrg nun vor seinen Augen lag. Er begann zu verstehen, warum die Männer vom Gelben Meer so gnadenlos die Verbreitung des Fernrohres zu verhindern suchten. Man war eindeutig im Vorteil, wenn man schon viel früher heranrückende Gefahren erkannte.
"Das ist eine ausgezeichnete Arbeit, Herr Erzheber!"
Der Zwerg verneigte sich stolz. Er sah sehr zufrieden aus.
"Wann wirst du mir das fertige Fernrohr aushändigen können?"
"Ich würde sagen, übermorgen Abend. Es sind noch einige Feinarbeiten nötig! Ihr werdet doch an euren Teil der Abmachung denken?" Arnulf gab darauf keine Antwort.

"Dann lasst Euch nicht aufhalten, Herr Erzheber", verabschiedete Arnulf den Zwerg. Baptiste nahm sich des Zwerges an und geleitete ihn, ohne viele Umstände, nach unten und entließ ihn auf den Hof.
Arnulf überlegte, wie Ylstenbyrg, das er gerad so dicht vor Augen hatte, sich verhalten würde.
Die Kunde von den Kämpfen auf dem Sonnenfeld dürften die Festungsstadt schon längst erreicht haben.
Am Wahrscheinlichsten war durch ihre Verwandtschaft mit den Van Ylst die Unterstützung der Königin, von Seiten der Festungsstadt.
Der immer noch geschwächte Freiherr nahm sich einige Männer und machte sich auf den Weg zur Grenzwarte. Aufmerksam nahmen die Bewohner seinen Ritt war. Auch sie wussten natürlich schon, was sich auf dem Sonnenfeld abspielte.
Sie nahmen den Weg über die Grellwand und ritten im mäßigen Tempo. Die Reiter hielten aufmerksam Ausschau. Es war doch sehr wahrscheinlich, dass sich hier Späher von Hagenar oder sogar aus Wairnasund herumtrieben.
Als ihnen ein herrenloses Pferd begegnete zogen sie ihre Waffen. Zwei Mann sprangen kampfbereit von ihren Pferden. Sie erwarteten jeden Augenblick in einen Pfeilhagel zu geraten, doch stattdessen hörten sie den Lärm eines Handgemenges. Die Schreie schienen hinter den Felsen, wo ein Pfad abzweigte, herzukommen.
Dann standen sie plötzlich einigen gespannten Bögen gegenüber. Es stellte sich schnell heraus, dass es ebenfalls

Leute aus dem Schloss waren, die unter der Führung von Karls die nahe Umgebung erkundet hatten.
Karls winkte dem Freiherrn zu.
"Es waren einige Männer von Hagenar hier, die einen Hinterhalt gelegt hatten", sagte er und grüßte seinen Freund.
"Sie wollten dich wohl etwas beschäftigen", mutmaßte Karls.
Arnulf war ehrlich erleichtert, hier einen so aufmerksamen Helfer zu haben.
Der Hüne winkte Arnulf und zeigte ihm einige Bruchstücke einer Kriegsmaschine. Sie war bei dem Handgemenge umgestürzt und zerbrochen.
"Sieht aus wie eine Pfeilschleuder", stellte Arnulf fest. Er betrachtete die kurzen Pfeile, die auf dem Boden lagen. Sie lagen in einem Vorratsbehälter, waren aber viel kürzer als die ihm bekannten Pfeile.
"Man braucht wohl nicht jedes Mal einen neuen Pfeil einlegen", mutmaßte Karls.
"Bringt das zu dem Zwerg auf dem Schloss, er soll sich das Ding ansehen und mir erklären wie es funktioniert!"
Karls winkte seinen Männern zu.
"Haltet weiter die Augen auf", sagte Arnulf. "Ich will zur Grenzwarte und komme bald zurück."
Sie ritten weiter und kamen kurz vor Mittag an der Grellwand an. Einige Wächter stellten sich ihnen in den Weg. Sie sahen den Freiherrn verdutzt an.
"Eine Reiterabteilung hätte euch einfach niedergeritten", erklärte er dem Wachhabenden mürrisch.

Die Soldaten sahen ihn stumm an. Sie waren es gewöhnt vom Freiherrn gemaßregelt zu werden. Trömso würde ihnen mit niedergeschlagenem Gesicht irgendwelche Strafen aufbrummen. Es wäre nicht das erste Mal.
Sie stiegen die schmale Stiege zur Feste herunter. Das Tor öffnete sich erst nach längerer Zeit. Das ließ Arnulfs Stimmung noch weiter sinken. Er sah sich um. Nur wenige Soldaten waren auf ihrem Posten.
Ohne weiter auf die Männer zu achten, betrat er das Zimmer des Kommandanten.
Nichts rührte sich. Er winkte zwei seiner Begleiter zu sich.
Er stieß die Tür zu seinem Wohnraum auf. Die Vorhänge waren zugezogen, ein übler Geruch lag im Raum.
Mit der Schwertspitze schob einer seiner Soldaten den Vorhang zur Seite. Das Licht fiel auf das Bett des Kommandanten der Grenzwarte.
"Ist er tot", fragte Angus, denn die Vermutung lag bei dessen Anblick nahe. Arnulf schüttelte den Kopf. Der Kommandant war nur nicht ganz bei sich.
"Fenster auf!"
Das Fenster klemmte, also schlugen sie die Scheibe ein. Das rief eine Wache auf den Plan.
Der Wächter stürmte ins Zimmer und sah sich verwirrt um. Langsam ließ er sein Schwert sinken.
"Was hat das zu bedeuten", herrschte Arnulf den Mann an. Der verlor sofort seine Gesichtsfarbe.
"Ich hatte den Befehl niemanden zum Kommandeur vorzulassen", stammelte er.

"Wer gab den Befehl? Doch nicht Trömso selbst!"
"Gestern Abend kam ein Mann aus dem Büro des Kommandanten...." Der Soldat war nun selbst von seiner äußerst dünnen Ausrede überrascht.
"Wie sah er aus?"
Der Wächter hob fast verzweifelt die Schulter. "Ganz normal."
Angus legte seine Hand auf die Schulter des Freiherrn, der sehr erregt war. Er wollte ihn wohl so beruhigen.
"Ich werde dir deine Dummheit heraus peitschen lassen", sagte Angus kalt zu diesem Soldaten.
"Du holst jetzt sofort euren Feldscher und auch eine Kräuterfrau! Jeden, der in der Lage ist zu Heilen!"
Der Wächter verschwand mit besorgter Miene. Es würde wohl einiges auf ihn zu kommen.
Angus gab dem Mann im Bett etwas Wasser zu trinken.
"Wir sollen hier festgehalten werden", sagte Angus. Arnulf nickte.
"Jemand will uns vom Sonnenfeld fernhalten."
Man konnte sich an drei Fingern abzählen, wer dieser Jemand war.
Arnulf ging auf den Hof. Die Soldaten sahen ihn vorsichtig abwartend an. Eigentlich hatte sich keiner von ihnen etwas vorzuwerfen. Aber man wusste ja nie, was im Kopf der hohen Herren vor sich ging.
"Wo ist der Diensthabende der Wache", fragte der Freiherr den erstbesten Mann.

Eilig zeigten alle auf einen großen vierschrötigen Mann, dessen Uniform etwas eng saß. Angus rief ihn heran.
"Korporal Verbà meldet sich zu Rapport", sagte der Wachhabende. Er drückte die Brust etwas heraus.
Arnulf betrachtete ihn eingehend.
"Du bist für die nächste Zeit der Kommandant der Grenzwarte", sagte Arnulf in einem Ton der keinen Widerspruch duldete. Der Korporal sah sich unsicher um. Schließlich nickte er verstehend.
"Ich möchte einen genauen Überblick über deine Männer haben! Wer, wo und wie viel. Die Nachtwache wird aus den Betten geholt! Ich will erfahren, was unten in Wartenheim vor sich geht. Ich habe das Gefühl das hier niemand weiß, in was für einer Lage sich das Königreich befindet. Also los!"
Schweigend drehte sich der Korporal um und rief sofort einige Hauptleute herbei.
"So werden wir nicht einmal einen Überfall von einer Handvoll Banditen abwehren können", sagte Angus düster.
Arnulf winkte einen Soldaten herbei. Der sah ihn ängstlich an.
"Schaff mir den hiesigen Bannwart herbei, sofort! Du weißt doch, wer das ist?"
Der Soldat nickte und machte sich sofort aufatmend auf den Weg. Es wurde hier in der nächsten Zeit etwas ungemütlich auf der Grenzwarte werden, das sollten erst mal die Anderen ausbaden. So bekam er etwas Abstand zu dem zornigen Freiherrn.

Arnulf blieb auf dem Hof der Warte stehen, um zu sehen, was jetzt hier geschah.
Nach und nach fanden sich die Bewaffneten auf dem Hof ein.
"Wir sollten nach dem Schloss sehen", sagte einer von Angus` Männer.
"Noch nicht, Karls ist dort oben. Er wird das regeln", erwiderte Arnulf abweisend. Die Grenzwarte als Befestigung war im Augenblick wichtiger.
Einige Zeit später kam der Korporal Verbà mit einer alten Frau zu Arnulf. Der beauftrage Soldat hielt sich hinter ihm.
"Ich habe nur die Kräuterfrau gefunden, Herr", sagte der Soldat dann.
Arnulf nickte. Er winkte der Frau und sie begaben sich zu Trömsos Bett.
Angus stand in der Tür und beobachtete den Flur. Vielleicht gab es ja noch jemanden, dem das Ableben von Trömso zu langsam von statten ging.
Die Frau stand am Bett und strich dem Kommandanten über den Kopf. Sie verlangte eine Schüssel Wasser.
Trömso öffnete tatsächlich die Augen und starrte auf die Kräuterfrau.
Arnulf wurde erst aufmerksam, als hinter ihm Geräusche, wie von einem Kampf zu hören waren.
Er drehte sich um und sah die Kräuterfrau ihre Hand über Trömsos Gesicht halten. Er wandte sich wie im Krampf.
"Was tust du da", fragte Arnulf etwas irritiert. Seine Hand hatte den Messergriff schon umschlossen.

"Es ist eine schwere Krankheit, die ihn befallen hat. Ich muss ihm einen Trank geben!"
Sie nestelte an ihrem dünnen Gürtel, dort hingen einige Fläschchen und auch ein paar Stoffbeutel.
Der Freiherr kannte dies von seiner Schwester. Aber er war doch verwundert, denn der Kommandant versuchte offensichtlich, ihm etwas zu sagen. Doch die Kräuterfrau wusste das immer wieder zu verhindern.
"Nun reg dich nicht so auf", sagte sie nachdrücklich.
"Beruhige dich doch endlich!"
"Lass ihn sprechen", befahl Arnulf.
Die Kräuterfrau sah ihn merkwürdig an. Arnulf hatte danach ein beklommenes Gefühl. Ihm fiel es schwer zu atmen. In diesem Augenblick kam Angus mit einem Krug Wasser zurück. Er blieb kurz stehen und zog dann sein Langmesser.
Die Kräuterfrau wandte sich ihm zu. Ehe sie etwas unternehmen konnte warf Angus ihr den Krug entgegen.
"Sie ... eine Hexe, " stöhnte Trömso. Er versuchte auf die Frau zu zeigen.
Arnulf überwand seine Schwäche und versuchte die vermeintliche Kräuterfrau vom Bett weg zu stoßen.
Auch Angus hatte Probleme sich zu bewegen, aber er ließ sich einfach gegen die Hexe fallen und stieß sie auf diese Art zur Seite.
Ehe die Männer noch weiter gegen die Hexe ankämpfen konnten, wurde es sehr hell im Zimmer.
Sie bedeckten die schmerzenden Augen.

"Hallo Anka", sagte die Hexe mit einem gefährlichen Unterton. Langsam wandte sie sich um. Sie hatte ein böses Lächeln im Gesicht.
"Hallo Patrizia", antwortete Arnulf Schwester leichthin.
Es klang so, als wenn die beiden Frauen sich zufällig trafen und eine Tee gemeinsam trinken wollten, wo sie schon mal zusammen waren.
"Beim letzten Mal ist es ja nicht so gut für dich gelaufen", sagte die Hexe grinsend.
Anka winkte ab. "Wie du siehst bin ich jetzt aber hier!"
Mit einer schnellen Handbewegung forderte sie die Männer auf das Zimmer zu verlassen. Angus zerrte Trömso schnell und rücksichtslos aus dem Bett. Arnulf sprang hinzu und half ihm.
Kaum hatte er die Türschwelle übertreten, flog die Tür mit einem lauten Knall zu. Es trat Stille ein. Die Männer auf dem Gang konnten die Mäuse trappeln hören.
Angus sah Arnulf an. Sie trugen den Kommandeur der Warte schnell hinaus ins Freie.
Einige Bewaffnete sahen ihnen verwundert zu.
Ehe Arnulf sie auffordern konnte zu helfen, gab es einen heftigen Knall im Gang hinter ihnen. Die Tür zu Trömsos Zimmer zersplitterte in tausend Stücke.
Arnulf wollte hineingehen, um seiner Schwester zu helfen, doch Angus hielt ihn mit eiserner Hand fest.
Mehrmals bebte der Boden leicht unter ihren Füssen. Die Soldaten wurden nur durch die Gegenwart des Freiherrn daran gehindert das Weite zu suchen.

Trömso wurde schließlich geholt und in die Unterkunft der Soldaten getragen, der Feldscher untersuchte ihn eine Weile.
"Er hat keine Wunde, nur erhöhte Temperatur", sagte der alte Wunddoktor, der hier schon so ziemlich jeden der Anwesenden einmal zusammengeflickt hatte.
"Wir werden hier beschäftigt, um nicht auf dem Sonnenfeld zu sein", stellte Arnulf fest.
Er konnte hier jedoch keine Männer abziehen. Die einzige brauchbare Abteilung waren die Reiter, die ihn von der Festung des Königs abgeholt hatten. Die anderen bewegten sich wie in Trance, als ob sie gar nicht wussten, wozu sie hier waren.
Ein böser Zauber lag in diesen Augenblick über der Grenzwarte. Zu diesem naheliegenden Schluss kam jedenfalls der Freiherr.
Furchtsam hörten die Männer auf die Geräusche die aus Trömsos Unterkunft kamen. Einige Male schienen sich die Wände sogar zu bewegen. Erschrocken sahen die Männer bläuliche Lichtblitze über dem Dach.
Arnulf nahm entschlossen seinen Bogen in die Hand und legte einen Pfeil auf. Dieser eine Pfeil war mit der besonderen Spitze ausgestattet. Diese Spitze hatte schon Drachen und Schamanen aus dieser Welt befördert.
Er umrundete schnell die Warte und stand dann unter Trömsos Fenster. Er brauchte einen höheren Standort, um in das Fenster hineinsehen zu können. Er wies Angus ab, der ihn von seinem Tun abhalten wollte. Es ging hier um seine

Schwester und finstere Machenschaften gegen sein kleines Reich!
Nachdem er ein Fuhrwerk entdeckt hatte, winkte er einigen Männern es unter das Fenster zu stellen. Gemeinsam wuchteten sie noch ein leeres Fass auf die Ladefläche und stellte sich darauf. Nachdem er sein Gleichgewicht gefunden hatte, spannte er seinen Bogen.
Er konnte nicht das ganze Zimmer einsehen, doch einen großen Teil.
Arnulf hatte nur einen Schuss und durfte nicht versehentlich seine Schwester treffen!
Das würde nicht einfach sein, denn die beiden Frauen pendelten ständig übergangslos vom Faustkampf zu magischen Flüchen und auch zum Traktieren mit ihren knorrigen Zauberstäben. Seine Schwester hatte einen schweren Stand, erkannte er schnell.
Die Hexe hatte seiner Schwester den Zauberstab aus der Hand geschlagen und verharrte einen Augenblick, um den überraschenden Vorteil ganz auszukosten. Arnulf hatte das Gefühl, das sie etwas flüsterte. Er war zu weit entfernt um das zu hören. Er sah nur ihren Mund sich bewegen.
Der Pfeil schoss los. Die Hexe fühlte wohl, das etwas gefährliches auf sie zuraste und sah überrascht aus dem Fenster.
Anka konnte sich zur Seite rollen, dann durchschlug die Spitze des Pfeils auch schon den Hals der Hexe.
Der Kopf rollte langsam durch das Zimmer. Der Körper brach erst etwas später zusammen.

Die Schamanin sah schwer atmend aus dem Fenster. Ihr Gesicht war gerötet.
Arnulf winkte ihr zu. Er wusste natürlich, dass sie seine Einmischung nicht gutheißen würde, doch damit konnte er gut leben.
Anka nahm die Pfeilspitze wieder sorgsam an sich.
Bevor sie das Zimmer verließ, warf sie eine herumliegende Decke über den Kopf der Hexe.
Nachdem Ruhe in dem Zimmer eintrat, halfen zwei Soldaten ihm von dem Fass herabzusteigen. Sie sahen ihn fragend an.
"Es ist vorbei, räumt das Zimmer auf! Steht nicht herum", rief er ungeduldig.
Die Soldaten sahen ihn verständnislos an. Wer wollte schon die Überreste einer Hexe wegräumen?
Auch dabei konnte immer noch viel Übles geschehen!
Insgeheim war er doch noch aufgewühlt, er war sich nicht sicher, ob seine Schwester ohne sein Eingreifen den Tag überlebt hätte.
Anka kam auf ihm zu und reichte ihm stumm die Pfeilspitze.
Er verstaute sie sicher in seiner Innentasche.
"Wer war sie", fragte er.
Seine Schwester sah erschöpft aus. Das hatte er selten erlebt. Sie hatte auch etliche Wunden davongetragen.
Sie gab ihm eine Salbe, die er auf ihre blutende Schulter strich.
"Geh zum Schloss und erhole dich", schlug er ihr vor. Es war ihm klar, dass sie das nicht tun würde. Sie sah ihm mit zusammengezogenen Augenbrauen an.

"Es war Anamelia, eine Hexe aus Ylsten. Sie war dort weithin bekannt."
Arnulf hatte diesen Namen bisher noch nicht gehört.
"Du glaubst Sylvia versucht mit allen Mittel den König zu stürzen?"
Die Königin war ja schließlich eine Van Ylst.
Arnulf gefiel der Gedanke nicht, dass seine Nachbarn bald in offener Feindschaft zu ihm stehen würden. Dem hatte er wenig entgegen zu setzen. Die große Frage war, wie sich Ylstenbyrg, das in Sichtweite lag, positionieren würde.

Korporal Verbà

Der Korporal Verbà erwies sich als tüchtiger Mann und hatte die Mannschaft der Grenzwarte in Alarmbereitschaft versetzt.
Eine Abteilung hatte sich auf dem Hof aufgestellt und wartete auf den Freiherrn. Die Männer sahen angespannt aus.
Arnulf stellte sich vor ihnen auf und sah sie schweigend an.
"Wir erleben gerade den Versuch, den König von Bergisch-Bachland zu stürzen! Während der Vogt versuchen wird, das zu vereiteln, ist es unsere Aufgabe hier jeden Eindringling abzuwehren! Das wird sicherlich nicht einfach sein. Wir müssen unsere Häuser, die Frauen und Kinder verteidigen. Ich habe in den Bergen Reitertrupps aus Wairnasund gesehen."

Die Männer starrten an ihm vorbei ins Leere.
"Ab sofort werden die Wachen verdoppelt, der Turm ebenfalls. Die Pfeilschleuder wird immer besetzt sein! Einige von euch werden Spähtrupps bilden und Tag und Nacht hier in den Wäldern unterwegs sein und über jeden Fremden berichten, den ihr findet! Unterleutnant Verbà wird bis auf weiteres den Befehl auf der Grenzwarte haben! Und jetzt an die Arbeit, es kommen schwere Zeiten auf uns zu!"
Er winkte Verbà zu sich. Der sah ihn etwas überrascht an.
"Unterleutnant?"
"Ich möchte ständig informiert werden, Unterleutnant" betonte Arnulf noch einmal. "Haltet Meldereiter bereit und schickt mir den Bannwart, wenn ihr ihn gefunden habt!"
Der frischgebackene Unterleutnant nickte stumm. Man konnte ihm nicht ansehen, was er dachte. Arnulf hoffte, dass seine Wahl eine gute Wahl war.
Sie mussten zurück zum Schloss. Arnulf ließ sich Pferde geben, denn er wollte auf dem Grenzweg zurück reiten.
Im Dorf am Fuße der Warte herrschte das ganz normale Durcheinander der Bauern, Handwerker und Durchreisenden. Arnulf konnte keine verdächtigen Gesichter erkennen, was natürlich nichts zu bedeuten hatte. Hier in Wartenheim würden mit großer Sicherheit einige Spione postiert sein.

Am späten Nachmittag erreichten sie das Schloss wieder. Am Kreuzweg, der direkt nach Ylstenbyrg führte, wurden

Palisaden errichtet. Dort würden einige Wächter den Weg beobachten.
Bis zum Abend würde Trömso hier eintreffen. Er wollte ihn hier auf dem Jagdschloss unter Beobachtung haben. Er würde etwas Hilfe von seiner Schwester brauchen.
Am späten Abend erreichte endlich der Bannwart der Unteren Seite das Schloss. Er hieß Sven und war ein robuster, freundlicher Bursche.
Arnulf hatte schon ungeduldig auf ihn gewartet.
Er hatte dieses Amt eingeführt um einige gute Männer hier in den Wäldern und Dörfern zu haben, die für Recht und Ordnung sorgten. Das musste ein ganz besonderer Menschenschlag sein, der ganz auf sich gestellt den Verbrechern entgegentrat.
Er hatte eine längere Unterredung mit dem Bannwart. Schließlich verabschiedete er ihn tief in der Nacht. Der Mann hatte die Aufgabe erhalten die Wege in Richtung Weitenfeld zu überwachen. Dazu bekam er natürlich zwei Fährtensucher. Allein war das nicht zu bewerkstelligen.

In den nächsten zwei Nächten wurde die Posten hinter den Palisaden überfallen. Die wenigen überlebenden Wächter redeten von Geistern, da sie nichts gehört und gesehen hatten von irgendwelchen Angreifern.
Die Männer würden dort keinen Posten beziehen wollen, wenn Arnulf nicht schnell die Angreifer identifizieren konnte.

Das Vorhaben war klar ersichtlich. Die Soldaten sollten in Angst versetzt werden, vor einem Feind, gegen den sie scheinbar Machtlos waren.
Er hatte sich mit Karls in sein Arbeitszimmer zurückgezogen.
"Wir brauchen einen von diesen Geistern", erklärte Karls bestimmt. "Sonst hast du bald keine Soldaten mehr."
Arnulf nickte.
"Was denkst du, soll ich tun", fragte er seinen Freund.
"Du, gar nichts! Das ist keine Aufgabe für einen Freiherrn!"
Der Hüne erinnerte den Freund an eine längst vergessene Episode ihrer Vergangenheit.
"Erinnere dich, als wir damals von Hagenars Schergen eingekesselt waren! Es war Nacht und wir haben uns eingegraben."
Natürlich konnte sich Arnulf daran erinnern. Sie wurden von der Ankunft königstreuer Truppen gerettet, konnten sich aber eine ganze Nacht gegen eine Übermacht halten.
"Ich werde mich heute Nacht auf die Lauer legen!"
Arnulf fand, dass sie zu alt für so etwas waren, doch Karls winkte ab.
"Wen von den Frischlingen willst du sonst schicken?" Er lachte leise. Das war schließlich eine Aufgabe für einen alten Fährtensucher!

Nachts

Karls schlich sich am Vorabend aus dem Nebeneingang hinaus und lief eine Weile durch den umliegenden Wald. Da

er auf niemanden traf, konnte er sein Vorhaben bald ausführen.
Er grub sich leise in Rufweite vor den Palisaden ein. Erst die Nachtwache sollte darüber aufgeklärt werden.
Karls hatte seine Kuhle mit frischen Laub und Moos bedeckt. Er hoffte, dass dadurch sein persönlicher Geruch etwas überdeckt wurde.
Der alte Söldner musste eine ganze Weile warten und war schließlich darüber eingeschlafen.
Er schreckte mitten in der Nacht aus seinem dumpfen Schlaf auf. Er hatte etwas Sand im Mund und versuchte ihn auszuspucken. Er fühlte, dass jemand um ihn herumschlich. Inständig hoffte er, dass keiner von denen auf ihn trat.
Er hörte leises Flüstern in einer fremden Sprache. Die Männer bewegten sich schnell. Sie mussten ziemlich klein und dünn sein.
Von ihnen ging ein merkwürdiger Geruch aus, der ihm bekannt war. Er hatte diesen Geruch schon irgendwo einmal geschmeckt.
Vermutlich waren es sechs oder sieben Mann, die zielstrebig auf die Palisaden zu schlichen. Dann trat Stille ein. Irgendwo rief eine Eule, der Wind rauschte in den Bäumen.
Er hörte dünnes Pfeifen, das er nicht einordnen konnte. Doch der Todesschrei von einem Wächter schaffte schnell Klarheit, das waren Geräusche von kleinen Pfeilen aus Blasrohren.
Karls stand ganz langsam auf. Er sah undeutlich kleine menschliche Schemen im Licht des Mondes. Er war verwirrt. Waren das Kinder? Aber er hatte vor einiger Zeit gehört, dass

solche kleinen Kerle ein Zeitlang ein Stück hinter Turmstadt ihr Unwesen getrieben hatten. Er vermutete jedenfalls, dass es ebensolche Kerle waren. Söldner aus fernen Landen.
Als er glaubte, dass der letzte Angreifer an ihm vorbei kam, griff er zu. Der schmächtige Mann war schon tot als er seine Pranke wieder öffnete. Er konnte noch einen zweiten Mann greifen, die restlichen Angreifer lösten sich irgendwie im Wald auf.
"Werft mir eine Fackel runter", rief er laut zu den Männern oben auf den Palisaden.
Es dauerte nur kurz und ihm wurde eine brennende Fackel hinabgeworfen. Vorsichtig schaute ein Mann hinter her.
Karls präsentierte ihm den Leichnam.
Das Tor öffnete sich einen Spalt, als sie Karls an seiner Größe und den Tätowierungen erkannten sanken ihre Spieße und er konnte eintreten.
Stumm beugten sie sich über die kleinen Männer. Sie hatten verzierte Blasrohre in der Hand.
"Die Pfeile sind bestimmt vergiftet", erklärte jemand hinter ihm.
"Wo kommen die her? So jemanden habe ich noch nie gesehen!"
In der Tat waren diese kleinen Menschen bisher nicht in den Bergen gesehen worden. Sie kamen sicherlich auch nicht vom Ufer des Gelben Meeres.
Die Leichen trugen Brandzeichen am Oberkörper und an den Armen. Das sah für die Männer aus den Bergen zwar

furchtbar aus, aber es waren gewisse einfache Ornamente zu erkennen.
Am nächsten Morgen wurden die Toten zum Schloss gebracht, damit der Freiherr einen Blick auf sie werfen konnte.
"Wen haben die Leute aus Wairnasund noch alles aufgeboten? Diese Männer kommen von weit her, um hier in den Bergen zu sterben?"
"Sie werden ihr eigenen Soldaten so weit wie möglich schonen wollen", sagte Karls. "Die brauchen sie um ihr Reich unter Kontrolle zu behalten. Der Großkönig hat schon immer so Krieg geführt."
Er wusste aus eigener Erfahrung, dass es überall am Gelben Meer Garnisonen gab, um die Herrschaft aufrecht zu erhalten. Er dachte kurz an Barnhus, oder auch an die Kreuzwindfelder.
"Wir müssen ihr Lager finden", stellte Arnulf fest. Ihm fehlte jetzt ein Fährtensucher. Jergo war jetzt ständig mit dem Bannwart von der Hohen Seite unterwegs. Er musste mehr Fährtensucher ausbilden lassen!
Im Augenblick half ihm diese Einsicht nicht weiter.
Er ließ von seinem Diener seine Waffen holen und sattelte ein Pferd.
Irritiert sah er seinen Diener wenige Augenblicke später in Waffen neben sich stehen.
"Wo willst du hin?"
"Die Freiherrin hat mir aufgetragen, Euch zu begleiten!"

"Aber hast du denn Erfahrung im Umgang mit Waffen?"
Arnulf wollte keinen Begleiter dabei haben.
Das hatte sein Diener natürlich sofort bemerkt.
"Herr, ich habe an zwei Schlachten teilgenommen und eine Belagerung überstanden! Man hat mir nachgesagt eine gute Hand für den Spieß zu haben und die Bola außerordentlich geschickt zu werfen."
Er wartete nicht die Antwort seines Herren ab und bestieg sein Pferd.
Arnulf fügte sich und sie verließen durch einen kleinen Nebeneingang das Schloss.
Der ehemalige Fährtensucher hatte schnell die Spuren der Angreifer gefunden und folgte ihnen unter äußerster Vorsicht. Er hätte jetzt gern Karls an seiner Seite, doch der war die ganze Nacht auf den Beinen gewesen und brauchte jetzt dringend Ruhe.
Baptiste erwies sich als umsichtiger Begleiter und wies seinen Herren auf einige abzweigende Spuren hin. Es war durchaus möglich, dass die Angreifer ihrerseits auch Arnulf beobachteten.
Sie fanden zwei dieser schmächtigen Männer unter einem Busch notdürftig vergraben.
Auch sie waren nicht viel größer als vierzehnjährige Jungen.
Die Brandzeichen sahen zwar dramatisch aus, aber Arnulf vermutete, dass sie den Rang des Mannes darstellten.
Vielleicht zeigten sie auch, wie viel Schlachten sie geschlagen hatten.

Baptiste stieß seinen Herren grob zu Boden. Ehe Arnulf etwas sagen konnte, hatte der Diener sich über den Freiherrn geworfen.
Arnulf konnte nun das feine Zischen vorbeifliegender Pfeile hören.
Sie waren in die Falle gegangen.
Sein erstaunlicher Diener hatte schnell ein Horn an den Lippen und stieß hinein.
Der Ruf des Hornes verhallte im Wald und bald konnten sie Rufe von Männern hören.
Sie riefen nach dem Freiherrn.
Arnulf konnte einige flüchtende schmale Männer sehen, die sich flink von ihnen entfernten.
Vor ihm hörte er dumpfe Hufschläge. Eine Abteilung Berittener versuchte den kleinen Männern den Weg zu verlegen.
"Karls hat die Reiter losgeschickt", sagte Baptiste. "Er hat wirklich einige versteckte Talente."
Arnulf nickte nur. Natürlich hatte er Talente, sonst würde er schon lange nicht mehr leben.
Sie konnten mit einigen Mühen zwei dieser kleinen flinken Männer fangen. Der Freiherr ließ sie nach allen Regeln der Kunst fesseln. Die Reiter schickte er wieder los um zu erfahren wohin der Rest floh und wer sie eventuell erwartete. Das war noch wesentlicher.
Auf dem Weg zum Schloss traf er auf einen Boten des Vogtes.

Er berichtete dem Freiherrn, dass die Festung auf dem Sonnenfeld wieder in der Hand des Königs sei. Die Gefahr war damit aber noch nicht gebannt. Denn um Hagenars Schloss herum sammelten sich die Angreifer bereits wieder. Arnulf vermutete sofort, das er hier weiter beschäftigt werden sollte, damit er nicht eingreifen konnte, um den König zu unterstützen.
Verfügte der Gegner tatsächlich über so viele Kräfte, um auch einen Nebenschauplatz zu eröffnen?

Arnulf besuchte Erzheber. Der Zwerg zeterte eine Weile, ehe er das Fernrohr herausgab.
Er schien sich von diesem optischen Meisterwerk nicht trennen zu wollen.
"Herr, es ist noch nicht fertig! Ich garantiere für nichts!"
"Ich werde es heute noch zurückgeben, damit ihr euer Werk vollenden könnt!"
Der Zwerg war nicht überzeugt, fügte sich aber nach einigem zureden doch.

Das Fernrohr

Mit seinem neuen Instrument machte er sich auf den Weg zur Warte. Er musste dort präsent sein, solange Trömso nicht auf den Beinen war.
Diesmal traf Arnulf jedoch auf wachsame Soldaten. Der Unterleutnant führte wohl ein strenges Regiment. Verbà

empfing ihn auch wenig später. Sein Adjutant bot dem Freiherrn eine Erfrischung an.
Er hatte keine besonderen Vorfälle zu berichten. Ihm war aber erstaunlicherweise Karls nächtliche Aktion nicht entgangen. Die kleinen Männer waren teilweise auf dem Grenzweg geflüchtet.
"Dann lasst sofort die Wälder hier in der Nähe durchkämmen, sie müssen in der Nähe ihr Lager haben!"
Verbà war augenblicklich verschwunden, um dies in die Wege zu leiten.
Arnulf bestieg inzwischen in Begleitung seines Dieners den Turm.
Ein kalter Wind blies ihnen aus Ylsten ins Gesicht. Arnulf holte vorsichtig das Fernrohr hervor.
Er war überrascht, wie weit er von hier sehen konnte.
Der Freiherr beobachtete wie die Soldaten den Wald durchkämmten. Einige Hirschkühe flüchteten vor den Soldaten. Vögel, die sich gestört fühlten, stiegen in den Himmel hinauf.
Ein Blick auf die Ebene von Ylsten belehrte ihn, das von dort einige kleinere Gruppen auf ihn zu marschierten. Sie würden bis zum Abend den Grenzweg erreicht haben.
Arnulf verstaute das Fernrohr wieder und sie trafen sich am Fuße des Turms wieder mit Verbà.
Er fragte nicht woher der Freiherr wusste, dass sie heute Abend Probleme haben würden. Einen neugierigen Blick auf das Futteral des Fernrohrs ignorierte Arnulf.

"Bereite eine Verteidigung vor, Unterleutnant! Sie werden wohl vom Grenzweg heraufkommen."
Verbà nickte eifrig. Es würde seine Feuerprobe werden, das war ihm klar.
Arnulf musste weiter. Er würde ein paar Fährtensucher ausschicken müssen, die im Wald nach Feinden suchen mussten. Er selbst wollte am Kreuzweg nach Ylstenbyrg eine Verteidigung einrichten.
Zurück in seinem Schloss empfing ihn ein aufgeregter Zwerg. Er wollte dem Freiherrn das Fernrohr sofort wieder abnehmen, doch Arnulf verwahrte sich dagegen.
"Dieses Rohr ist unbezahlbar, kann ich euch versichern", sagte Arnulf und klopfte dem Zwerg auf die Schulter. Wenn der Zwerg sich über das Lob freute, zeigte er es jedenfalls nicht.
"Sagte mir, Herr Erzheber, habt ihr diese kaputte Pfeilschleuder angesehen?"
Der Zwerg bejahte das. Arnulf war ebenfalls interessiert an dieser neuen Waffe.
"Eine fantastische Arbeit! Sagt, wo kommt sie her? So etwas habe ich noch nicht in unseren Breiten gesehen."
"Sie ist uns heute Nacht in die Hände gefallen! Wahrscheinlich kommt sie von den Schmieden am Gelben Meer. Könnt ihr sie reparieren?"
"Ihr habt wohl keine allzu hohe Meinung von meinem Können, mein Herr", erwiderte der Zwerg mürrisch, mit abweisendem Gesicht.

"Ganz im Gegenteil", beeilte sich Arnulf zu antworten. "Ganz im Gegenteil!"
"Ich kann sie Euch jetzt schon vorstellen, Herr", brummte der Zwerg mürrisch. "Es ist eine furchtbare Waffe", fügte er hinzu.
Baptiste blieb dicht hinter dem Freiherrn.
Stolz stellte sich der Zwerg neben die Maschine.
"Dort ist etwas eingebaut, was wir Zwerge als Mechanik bezeichnen!"
Arnulf nickte abwesend. Er hatte eine große Anzahl in der Wand steckende Pfeile bemerkt.
Erzheber sah Arnulf abwartend an, bis der nickte. Dann zeigte der Zwerg ihm eine kleine Kiste. Als er sie öffnete sah Arnulf ein Menge sauber übereinander gelegte Pfeile, wie sie auch in der Wand steckten. Er drückte die Kiste auf die Kriegsmaschine, wo sie vernehmlich einrastete. Er spannte die Pfeilschleuder und bewegte einen Leier immer im Kreis. Mit einem harten klacken schlugen die Pfeile schnell hintereinander in die Wand hinein.
"Baut mir einige davon", verlangte Arnulf mit unbewegtem Gesicht. "Und das schnell, wenn ich bitten darf!" Der Zwerg wollte protestieren, doch der Freiherr war schon aus der Tür heraus.
"Ich hoffe ihr bezahlt mich auch bald", rief ihm der Zwerg furchtlos hinterher.
"Diese Schleuder kann eine Unterzahl an Männern ausgleichen, wenn ich mir die Bemerkung erlauben darf", sagte Baptiste.

"Da hast du unbedingt Recht", stimmte Arnulf zu. "Das Hauptproblem ist dann wohl, diese Waffe nicht an den Feind zu verlieren!"
Karls war inzwischen aufgestanden. Er sah noch immer etwas übernächtigt aus, als er auf Arnulf traf.
"Ich bin wohl doch langsam zu alt für solche Spiele", stellte Karls fest. Er goss sich etwas Wasser über den Kopf, um wach zu werden.
"Das geht nicht nur dir so", erwiderte sein alter Gefährte.
"Kann ich dir die Verteidigung des Kreuzweges anvertrauen", fragte Arnulf den Tätowierten.
"Wenn ich nicht allein dort stehen werde, natürlich!"
"Spätestens heute Nacht werden neue Truppen hier auftauchen, sie sind bis jetzt noch im Flachland. Ein Teil wird über den Grenzweg versuchen herzukommen. Andere werden wohl direkt den Weg von Ylstenbyrg nehmen."
"Du hast sie gesehen", fragte Karls. Er brauchte nicht weiter überlegen, das konnte nur eins bedeuten.
"Mit dem Sehrohr", sagte Arnulf leise. Sein Butler sah ihn dafür tadelnd an.
Karls grinste. "Dann hat sich die ganze Rennerei also doch gelohnt!"
Arnulf nickte stumm.
Der Freiherr wartete immer noch auf den Bannwart von der unteren Seite. Er war ein wenig ungehalten. Natürlich nahm seine Frau Partei für den ihr fremden Mann. Arnulf war zu müde, um mit ihr zu streiten.

Erst am späten Nachmittag erschien der so lange erwartete Sven.
Arnulf machte ihm einige Vorhaltungen, doch Sven klärte ihn darüber auf, dass er einige fremde Reiter eine ganze Zeit lang verfolgt hatte. Sie hatten versucht einige Hütten der Bergbauern in Brand zu stecken.
"Wir sollen auf keinen Fall dem König helfen können", stellte der Freiherr fest. Er war hier festgenagelt. Jeder Mann, der zum Sonnenfeld geschickt wurde, war eine Lücke in seiner eigenen Verteidigung.
Doch auch sein König brauchte Beistand, er war hin und her gerissen. Er konnte den alten Mann jetzt nicht allein lassen!
Dann war alles glasklar vor seinen Augen. Die Lösung war nicht einfach und schon gar nicht ungefährlich! Er brauchte einen Tag, um die Entscheidung herbeizuführen!
Er musste mit Karls reden und Verbà genaue Anweisung geben!
Er beauftrage Baptiste ihm ein Pferd zu satteln.
"Der Herr will ausreiten?"
"So etwas in der Art", erwiderte Arnulf zerstreut. Er war in Gedanken schon ganz woanders.

Die Entscheidung

"Bring mir Karls und Angus", befahl Arnulf einen Stallburschen. Der zuckte zusammen ob des scharfen Tons, den man hier eher selten vom Freiherrn zu hören bekam. Der Junge lief schnell davon.

Baptiste kam mit zwei Pferden.
"Ich brauch kein Packpferd", sagte Arnulf.
"Das ist auch kein Packpferd, Herr! Euer Blick sagt mir, dass wir mit hohem Einsatz spielen werden."
Der Diener bewegte sich nicht von der Stelle, er wartete auf keine Zustimmung seines Herren.
Schließlich zuckte Arnulf mit der Schulter. Er hatte jetzt keine Zeit, um seinen neuen Diener zu maßregeln.
Karls kam mit besorgtem Gesicht heran.
Arnulf redete leise auf ihn ein. Angus kam etwas später und wurde von Karls unterrichtet.
"Das gefällt mir gar nicht, aber wenn das die Lösung ist - ich werde alles tun, um das Schloss zu halten!"
Arnulf war schon verschwunden, bevor er ausgesprochen hatte.
Stirnrunzelnd sahen ihm seine langjährigen Kameraden hinterher.

Eine Stunde später war er schon an der Grenzwarte.
Er befahl einem Wächter den Unterleutnant zum hinteren Tor zu holen.
Er instruierte Verbà genauestens über die Vorgehensweise seiner Verteidigung.
Der Unterleutnant stellte keine Fragen, obwohl sie ihm sichtlich auf der Zunge lagen.

Sie nahmen noch zwei frische Pferde mit und stürmten durch den Wald davon.
Für Arnulf hing jetzt alles davon ab schnellstens mit den Orks zusammen zu kommen.
Mitten in der Nacht erreichten die beiden Reiter das Gebiet, wo der Freiherr Gwonds Kämpfer vermutete.
Ein Außenposten der Orks wollte die beiden Menschen erschlagen, doch Arnulf gab ihnen keine Gelegenheit und ritt im Galopp durch die Reihen hindurch.
Andere Wachen waren auf die beiden Reiter aufmerksam geworden und bald war der Freiherr mit seinem Diener von Orkkriegern umringt. Einige Hauptleute erkannten ihn dankenswerter Weise und ließen Gwond rufen.
Der Orkgeneral pflügte durch seine Krieger und stand gelassen vor dem Freiherrn.
"Du kommst wie immer überraschend, Mensch!"
"Schnelligkeit ist heute Nacht die Bedingung zum Erfolg", antwortete Arnulf.
Gwond bleckte die riesigen gelblichen Zähne.
"Die Zeit ist da, die Schwerter und Äxte sprechen zu lassen? Der Tod braucht neue Nahrung?"
"Lass uns nicht über den Tod sprechen. Ich will diesen Krieg beenden, der vor den Toren der Königsfestung tobt!"
"Ich dachte schon, ich muss meinen eigenen Krieg anzetteln", erwidert Gwond zufrieden grinsend.
"Meine Krieger brauchen Bewegung. Sie werden sonst fett und träge!"

"Dann lass uns aufbrechen", rief Arnulf laut. Die Orks sahen erwartungsvoll ihren Anführer an. Gwond hob den Arm.
Eine mächtige Streitaxt hob sich in den Nachthimmel. Auf ihr spiegelte sich der Schein der Feuer ringsherum.
Die Orks brüllten ihren Schlachtruf in die Nacht. Das musste sogar auf dem Sonnenfeld gehört worden sein.
Dumpf dröhnte der Boden von dem Stampfen der Orks, als sie sich in Bewegung setzten.
Arnulf war von dem Tempo überrascht mit dem die Krieger marschierten. Sie schienen es kaum abwarten zu können, auf dem Sonnenfeld Blut zu vergießen.

Sonnenfeld

Vor der Festung des Königs wurden Fackeln entzündet und die Feuer loderten höher.
Die Belagerer sahen sich überrascht nach dem Stampfen um, das von überall aus dem Wald hinter ihnen zu kommen schien.
Befehle wurden gerufen. Es wurden Wagen zusammengeschoben um einen Verteidigungswall zu schaffen. Lanzen reckten sich in die Dunkelheit. Viele Augen richteten sich zum finsteren Wald in ihrem Rücken.
Die Männer flüsterten sich Vermutungen zu, was dort in der Dunkelheit auf sie zukam.
Inzwischen wurden auch auf den Mauern der Festung die Feuer geschürt und neues Holz in die Flammen geworfen.

Auch dort oben, hinter den Zinnen, warteten Männer angespannt auf das, was bald aus dem Wald brechen musste. War es Hilfe oder Verstärkung für die Belagerer?
Pfeile stiegen in den Nachthimmel und bohren sich in Fleisch und Rüstungen. Schmerzensschreie zerrissen die Nacht.
Im Wald war es plötzlich still geworden. Angestrengt hielten die Söldner Ausschau nach ihrem neuen Gegner.
Hinter ihnen öffnete sich das Tor der Festung und eine starke Reiterabteilung stürmte auf die Belagerer zu. Diese einzigartige Gelegenheit konnte General Tandes nicht ungenutzt verstreichen lassen!
Die Belagerer wendeten sich nun wieder den Reitern in ihrem Rücken zu.
In diesem unübersichtlichen Augenblick stürmten die Orks los. Die Angegriffenen waren überrascht von diesem heftigen Ansturm und wichen in Richtung der Reiter zurück.
Der Kampf war brutal und völlig unübersichtlich.
Arnulf hatte es schwer, zu erkennen, wer wo stand. Die Belagerer schossen ihre Pfeile wahllos in alle Richtungen.
Der Freiherr wurde sorgfältig von Baptiste gedeckt. Sein Diener hatte erkannt, dass er in die Festung wollte. Hinter ihnen beherrschte der Tod das Feld. Die Niederlage war schnell absehbar und schon nach kurzer Zeit versuchten die ersten Männer unerkannt in die Dunkelheit des Waldes zu flüchten. Dabei stießen sie auf die zweite Welle Orks, die Gwond sorgsam zurückgehalten hatte, obwohl seine Krieger kaum noch zu bändigen waren.

Es sollte nur sehr wenigen Belagerern vergönnt sein, das Licht des nächsten Morgens zu sehen.
Baptiste bahnte seinem Herren den Weg durch die Soldaten des Königs, die jetzt die Belagerung durchbrechen konnten.
Arnulf konnte in der nächsten Stunde zu den Gemächern des alten Königs vorstoßen. Die Leibwache des Herrschers versuchte anfänglich dies zu verhindern.
Der Hauptmann erkannte den Freiherrn dann endlich und meldete ihn dem König.

Beim König

Der Herrscher von Bergisch-Bachland sah den Freiherrn müde an. Er saß aufrecht in seinem Bett und hatte eine Tasse in der Hand. Die Hand zitterte leicht.
"Warum kommst du jetzt erst", fragte Wulfenghar ärgerlich. "Ich muss wirklich an deiner Loyalität zweifeln! Und das, obwohl ich so viel für dich getan habe!" Seine Stimme war zu schwach, um Eindruck zu hinterlassen. Es klang eher wie das Zetern einer alten Frau.
"Der Vogt war doch an eurer Seite, Herr! Ich musste die Verteidigung der Grenzwarte organisieren. Auch dort wird gekämpft in diesem Augenblick!"
Der König nickte langsam. Arnulf fragte sich, ob der alte Mann überhaupt verstanden hatte, was in seinem Reich geschah.
"Sie hat mich verraten", sagte der König plötzlich mit gebrochener Stimme. Arnulf glaubt sich verhört zu haben.

Der König hatte über Jahre taub und blind Sylvia vertraut. Erst jetzt hatte er plötzlich ihre wahren Absichten erkannt?
"Sie und dein Bruder, mein König", fügte Arnulf hinzu. Der König winkte resignierend ab.
"Mein Bruder...", sagte er abschätzig. Es klang, als ob er gleich ausspucken wollte.
"Was habt ihr vor, Herr?"
"Ich weiß, du würdest sie gern hängen sehen, Freiherr. Aber sie sind von edlen Geblüt. Ich werde sie verbannen!"
"Damit sie mit einer neuen Armee zurückkehren?!"
"Ich bin alt", sagte der König nur und starrte auf den Fußboden. Das Problem musste dann später jemand anderes lösen.
"Sie ist die Königin, ich kann sie doch nicht in ein Verließ werfen!"
Arnulf wusste, was jetzt wieder kommen würde.
"Ganz genau, sie sind von edlen Geblüt. Ich weiß das du das nicht anerkennst, doch frage dich, würdest du deine eigene Frau einkerkern? Würdest du deinen Bruder oder besten Freund aufknüpfen?"
Arnulf blieb klugerweise stumm.
"Wo hast du diese Armee her", fragte der König nach langem Schweigen.
"Es sind Orks, mit denen ich schon einmal zusammen gekämpft habe", sagte Arnulf.
"Das ist abscheulich. Diese Kreaturen sind abscheulich!"
"Sie haben Euch das Reich zurückgegeben", erwiderte Arnulf.

"Du schreckst wirklich vor nichts zurück", sagte der König seinen Einspruch abweisend.
Arnulf verkniff sich eine Antwort. Er hatte keinen Dank erwartet, aber zumindest Anerkennung.
Der König blieb stumm. Arnulf drehte sich um und ging. Es gab nichts weiter zu bereden!
Vor der Tür traf er auf den Vogt.
"Du warst bei ihm?" Arnulf nickte stumm.
"Sei nicht so streng mit ihm. Er versteht die neue Zeit nicht", bat der hagere Mann. Er sah aber, dass Arnulf das nicht als Ausrede anerkannte.
"Das war Rettung in wirklich fast der letzten Minute", sagte der Vogt und klopfte ihm aufmunternd auf die Schulter.
"Du solltest zurück auf den Grenzweg. Meine Späher sagen, auch dort wird heftig gekämpft!"
Arnulf nickte.
Er verabschiedete sich noch von dem gut gelaunten Orkgeneral.
"Wir scheiden in Respekt", erklärte Arnulf. Der Ork grinste ihn fröhlich an. Für menschliche Verhältnisse sah das nur abscheulich aus, aber der Freiherr behielt das für sich.
"Du weißt, wo du die siegreichen Orks findest", sagte Gwond.
Arnulf nickte stumm und gab seinem Pferd die Sporen.
"Ihr werdet Gwond doch jetzt nicht zum Tee einladen", fragte Baptiste von hinten. Sein Herr überlegte einen Augenblick, ob seiner Diener dies ernst meinte.
Der ehemalige Fährtensucher konnte den Weg durch den nächtlichen Wald mit verbundenen Augen finden. Sein

Diener war bemüht, dicht hinter ihm zu bleiben. Er kannte sich hier natürlich nicht so gut aus.

In der Ferne hörten sie schon Schreie und Kampflärm durch den Wald hallen. Die beiden Reiter zügelten die erschöpften Pferde. Es musste kurz vor dem Morgengrauen sein.
Sie waren einen vollen Tag durchgeritten, um die Grenzwarte schnellstmöglich zu erreichen. Beide waren sie erschöpft.
Doch es war anscheinend noch nicht zu Ende.
Durch die Bäume sahen sie Feuerschein.
"Wir sollten zu Fuß weiter gehen", stellte Baptiste fest.
Die Pferde am Zügel liefen sie langsam weiter. Sie befanden sich plötzlich auf einer Weggabelung die als Feldlager umfunktioniert war. In der Dunkelheit achtete keiner der Söldner auf die Neuankömmlinge.
Arnulf sah sich nach Pferden um. Sein Diener stieß ihn an und deutete ein Stück neben sich. Dort waren die Pferde an einen liegenden Baumstamm gebunden. Der Wächter stand an einen Baum gelehnt und schnarchte leise. Er sollte aus seinem Schlaf nicht mehr erwachen.
Baptiste steckte seinen Dolch wieder in den Gürtel. Arnulf fragte sich einmal mehr, wer sein Diener wirklich war.
Sie trieben die Tiere in den Wald.
Einige Angreifer wurden darauf aufmerksam und sahen sich misstrauisch um. Arnulf konnte nicht sagen woher sie kamen.
Diese Rüstungen hatte er noch nie gesehen. Mit dieser Frage musste er sich später befassen.

Baptiste war schon in der Nacht verschwunden. Arnulf bemerkte dies, war sich jedoch sicher, dass er in der Nähe blieb. Er würde in nicht einfach verlassen, denn seine Schwester hatte ihm etwas nebulös erklärt, dass er eine große Schuld abzutragen hatte. Warum er ausgerechnet dazu zum Grenzweg gekommen war blieb vorerst ein Geheimnis.
Unvermittelt erlosch das Feuer. Alles war nur noch Dunkelheit.
Die Söldner riefen sich in einer fremden Sprache etwas zu. Dann hörte der Freiherr einige überraschte Schreie. Er blieb einfach stehen und wartete ab.
"Herr, wir können weiter", sagte Baptistes Stimme plötzlich neben ihm. Er folgte seinem Diener durch den Wald.
Der Kampflärm vor ihnen wurde lauter. Dann sahen sie die hellen Flecken von Fackeln etwas entfernt vor sich. Das Jagdschloss wurde angegriffen!
Arnulf konnte nur hoffen, dass Karls mit den wenigen Männern eine Verteidigung errichtet hatte.
Sie mischten sich unter die Angreifer.
Erschüttert sah Arnulf das Haupttor schief in den Angeln hängen. Der Feind war im Hof und wahrscheinlich schon im Schloss!
Dabei hatte er das Tor erst neu richten lassen! Arnulf war sehr ärgerlich darüber!
Hinter sich hörte er auch vom Kreuzweg Lärm. Auch dort wurde gekämpft.

Hände hatten Arnulf gepackt und zerrten ihn grob hinter das Schloss. Der Freiherr versuchte frei zu kommen. Baptiste war leider in der Dunkelheit verschwunden.
"Bleib ruhig Mann", sagte eine gereizte Stimme neben ihm. Es war ein Unteroffizier der Schlosswache, der den Freiherrn wohl nicht erkannt hatte.
Der Freiherr wurde zu Boden gedrückt, dann hörte er ein merkwürdig ratterndes Geräusch. Ein vielstimmiges Schreien antwortete. Im flackernden Fackelschein sah der überraschte Herr des Hauses eine Anzahl von Angreifern zu Boden gehen. Dann stürmte einen Handvoll Männer der Schlosswache zum Haupttor und lieferten sich dort einen heftigen Nahkampf mit den fremdländischen Angreifern.
Arnulf glaubte die Stimme seiner Frau zu hören und sprang sofort auf die Beine.
Im Schein der flackernden Fackeln arbeitete sich Arnulf weiter über den Hof. Der wieder aufgetauchte Baptiste hielt ihm dabei den Rücken frei.
Dort, wo Arnulf die Pfeilschleuder vermutete, war inzwischen ein Feuer ausgebrochen und noch immer warfen die Angreifer Fackeln in die Richtung.
Einige Bedienstete versuchten die Feuer zu löschen.
Er wehrte einige sporadische Angriffe ab und erreichte die hinter einem Wagen stehende Gruppe, die eifrig neue Fackeln entzündeten.
Ein weiteres Mal erwies sich Baptiste als ein furchtbarer Gegner. In wenigen Augenblicken hatten sie die Soldaten auseinander getrieben.

Arnulf konnte nun zu den Verteidigern vorstoßen. Er traf dort Leon, den er seit einiger Zeit seinem Bannwart von der Hohen Seite zugeteilt hatte.
"Ist Lothar auch hier", fragte der Freiherr. Leon sah ihn überrascht an und nickte. Er wies zu der Pfeilschleuder.
Arnulf kroch näher und beobachtete wie einige Zwerge die Schleuder mit einer neuen Pfeilkassette nachluden. Lothar lieferte sich inzwischen mit einem Angreifer ein wildes Handgemenge. Arnulf war beeindruckt von seinem Kampfeswillen.
Er beendete den Kampf mit einem Schwertstreich und winkte dem Bannwart ihm zu folgen.
"Wie viele sind es", fragte er Lothar. Der hob die Schulter entschuldigend. "Ich habe keine Ahnung."
"Hast du etwas von Sven gehört?"
"Er wollte von der Grellwand zur Warte gelangen, weil der Grenzweg schon besetzt war von einer Reiterarmee!"
"Wir müssen das Tor schließen", rief Arnulf und winkte dem Bannwart.
Es schlossen sich mehrere Bewaffnete dem Freiherrn an.
Am vorderen Ende des Schlosses hatten sich die Wächter hinter einem Schildwall verschanzt.
Die Freiherrin ging mit einem kleinen Trupp gerade zu einem Gegenangriff über, der aber sofort in einem Pfeilhagel zusammenbrach.
"Wir brauchen die Pfeilschleuder", rief der Freiherr zu seinem Diener. Der nickte und verschwand in den wabernden Schatten des Hofes.

"Warum kommst du erst jetzt", fragte seine Frau Arnulf, als sie ihn hinter sich entdeckt hatte.
Sie atmete schwer und hatte einige kleinere Wunden.
"Ich musste erst aus einem Verließ befreit werden, um wieder hier her zu kommen!"
"Was für ein Verließ, " fragte sie irritiert.
"Das Sonnenfeld wurde auch angegriffen und ich wurde gefangen genommen!"
"Von wem denn?"
"Das ist eine längere Geschichte, die Festung ist aber nun wieder in der Hand des Königs", erklärte Arnulf.
Das war natürlich nur die halbe Wahrheit. Denn der König hatte fast nichts mehr in der Hand.
Er konnte nur hoffen, dass der Vogt die Zügel nun fest in der Hand behielt, bis eine Entscheidung gefallen war.
Arnulf konnte sich aber nicht vorstellen, dass der König vor seinem Ableben jemand die Macht über das Königreich übertrug. Der Vogt durfte höchstens ein paar Tage das Sonnenfeld verwalten. Aber der Freiherr hatte im Augenblick hier genug eigene Sorgen.
Es gelang ihnen die Angreifer aus dem Tor zu drängen.
Schwere Balken wurden aufgeschichtet um ein neuerliches Eindringen zu verhindern.
Arnulf sammelte die wenigen Unverwundeten an einem kleinen Ausfalltor. Er wollte die Angreifer im Rücken fassen.
Jeder hatte zwei Armbrüste dabei und Pfeile so viele sie tragen konnten.

Aufmerksam in die Nacht lauschend verließen die Männer leise das Tor.
Die Angreifer schichteten am Tor Holz und Reisig auf. Sie wollten das Tor abbrennen.
Die erste Pfeilsalve traf die Belagerer unvorbereitet und forderte viele Opfer. Nach der zweiten Salve stellten die Angreifer einen Schildwall auf. Das ging erstaunlich schnell und routiniert vonstatten. Arnulf hatte erfahrene Kämpfer vor sich.
Ein Teil der Angreifer ging nun seinerseits gegen Arnulf vor. Er schickte seine Männer in die Dunkelheit des Waldes. Er wollte unten seine Leute sammeln und dem Angreifer in den Rücken fallen.
Es dauerte eine Weile bis er die Männer wieder neben sich hatte. Sie schlichen sich im Rücken der Fremden heran. Die immer noch versuchten das Tor zum Schloss zu erobern.
Die Armbrustschützen konnten mehrmals nachladen, bis der Feind auf sie aufmerksam wurde.
Sie waren inzwischen auf Nahkampfentfernung herangerückt und lieferten sich einen heftigen Kampf. Der Angriff auf das Tor war damit zusammengebrochen.
Das nutzte die Freifrau entschlossen aus und attackierte nun die Angreifer. Sie nahm das Risiko in Kauf das Tor zu öffnen.
Als erstes schoss die inzwischen aufgestellte Pfeilschleuder ein Magazin auf die Angreifer leer.
Das ließ den Angriff endgültig zusammenbrechen und die fremden Soldaten versuchten sich in die Dunkelheit des

Waldes davon zu stehlen. Doch sie prallten dort auf Arnulf`s Männer mit ihren Armbrüsten.
Das Schloss und der Kreuzweg waren recht bald wieder fest in der Hand des Freiherrn.
Arnulf stieß auf seinen Diener, der ihn besorgt musterte.
"Wir müssen jetzt schnell zu Grenzwarte", rief er dem Mann entgegen. "Sag meiner Frau Bescheid!"
Baptiste wollte eigentlich mit seinem Herren mitgehen, aber Arnulf war schon mit einigen Männern aufgesessen und ritt in die Dunkelheit. Sein Diener sah mit missbilligendem Blick hinterher.
Die Besatzung des Schlosses behielt ihre Waffen in der Hand. Es war doch wahrscheinlich, dass sie noch auf umherstreifende Söldner treffen würden.

Die kalte Nachtluft ließ den Kopf des Freiherrn wieder klarer werden. Er roch Feuer, das unten am Grenzweg brennen musste.
Wahrscheinlich wurden dort die neuen Häuser von Unterschlosshausen niedergebrannt. Arnulf fühlte in sich eine Wut aufsteigen. All das mühsam erbaute fiel den Flammen zum Opfer. Das nur, weil ein schwacher alter König die Augen vor dem Leben verschloss!
"Sie sind von meinem Blut" würde er wieder sagen, wenn man von ihm Strafen forderte.
So konnte sich das Gift wieder ungehindert in den Bergen ausbreiten.

Sie erreichten die Grellwand ohne Behinderung. Die Wachen waren auf der Hut und forderten sie auf, sich zu erkennen zu geben.
Arnulf stieg von seinem Pferd ab. Er ging an einigen Leichen vorbei. Die Wachen hatten auch hier einen Angriff abgewehrt.
"Wie ist der Stand", fragte er die Soldaten.
"Verbà hat bisher alle Angriffe abwehren können", antwortete der Unteroffizier.
"Und hier oben im Wald?"
"Nur einige Späher haben versucht hier an die Grenzwarte heranzukommen."
Arnulf nickte. "Auch das Schloss wurde mehrmals angegriffen!"
"Und wie sieht es dort aus, Herr? Entschuldigt, aber meine Frau arbeitet dort als Wäscherin."
Der Freiherr winkte ab. "Wir haben sie vertrieben, aber wie viel Männer wir verloren haben, werden wir erst bei Tagesanbruch wissen."
"Was ist mit Wartenheim?"
"Die Angreifer versuchen dort Fuß zu fassen, wir haben die Fährtensucher hingeschickt. Sie werden versuchen, die Feinde zu dezimieren."
Arnulf ging mit seinen Begleitern die Stiege zur Warte hinab. Sie wurden augenblicklich eingelassen.
Verbà war ehrlich erfreut den Freiherrn zu sehen.

"Wie sieht es vor dem Tor aus", fragte Arnulf ohne Begrüßung. "Es ist blockiert! Aber ich glaube es stehen dort nicht allzu viele Soldaten!"
Er winkte dem Befehlshaber und ging direkt zu Haupteingang.
"Verbà, ich möchte in zwei Minuten hier zwanzig Bogenschützen haben!"
Die Männer stellten sich auf. Als das Tor geöffnet wurde schossen alle gleichzeitig ihre Pfeile ab und spannten die Bögen sofort wieder. Nach der zweiten Salve rief der Freiherr nach einem Schildwall. Schnell baute sich eine Reihe Schilder auf.
"Vorrücken", befahl er den Soldaten. Langsam, Schritt für Schritt drangen sie vor.
Sie mussten anhalten und die Bogenschützen schossen ihre Pfeile über die Schultern der Schildträger ab.
Bald hatten sie den Fuß der Rampe erreicht. Hinter ihnen stürmten jetzt Reiter aus dem Tor und attackierten die sich zurückziehenden Feinde. Überraschend schnell hatten sich die Angreifer dann zerstreut.
Am Morgen, beim ersten Tageslicht, wollte Arnulf zum Kreuzweg unterhalb seines Schlosses vorstoßen. Dann konnte er sehen, wie es den Einwohnern von Unterschlosshausen ergangen war.
Er nutzte die Zeit bis dahin um Trömso zu besuchen.
Der machte ein schuldbewusstes Gesicht und versuchte sich von seinem Krankenlager aufzurichten. Arnulf bedeutete ihm, sich wieder hinzulegen.

"Dein Unterleutnant Verbà ist ein guter Mann, du solltest ihm ein Kommando geben", sagte der Freiherr. Trömso nickte stumm. Sie erläuterten noch ihr weiteres Vorgehen. Denn der Kommandant musste jetzt trotz seiner Verwundung die Verteidigung der Warte übernehmen. Sein Adjutant wurde gerufen. Er musste den Befehlshaber waschen und ankleiden.
Sie bestiegen den Turm der Warte. Trömso quälte sich redlich, die feuchten Treppenstufen hinaufzukommen. Sein Adjutant schob ihn mit aller Kraft.
Der Befehlshaber der Warte war augenscheinlich glücklich, wieder einmal hier oben im Wind zu stehen und in die Ferne zu schauen.
"Das hat mir am meisten gefehlt", sagte er zum Freiherrn. Der nickte Stumm und hatte sein Fernrohr herausgeholt und suchte die Umgebung ab. Lange weilte sein Blick auf den Ausläufern des Gebirges. Trömso hätte zu gern gewusst was es dort zu sehen gab. Schließlich reichte ihm Arnulf das Rohr und zeigte in die Richtung.
Trömso war erschrocken als er die abziehenden Reiter so nah an seinem Auge sah.
"Ist das Zauberei?"
Arnulf schüttelte amüsiert verneinend den Kopf.
"Das nennt man Fortschritt!"
Trömso sah ihn fragend an.
"Das werden bald alle haben. Der Vorteil auf unserer Seite wird nur kurze Zeit anhalten!"
"Sie scheinen die Berge zu verlassen", erklärte Trömso.

"Vielleicht wollen sie uns das auch nur glauben machen", gab Arnulf zu bedenken.
"Schickt einige Fährtensucher hinterher! Wir müssen sicher gehen!"
Der Befehlshaber der Warte nickte und winkte einen Adjutanten zu sich.
Arnulf verließ den Turm schon wieder. Er war im Zweifel, ob nun wieder Ruhe in die Berge einkehrte. Natürlich war es interessant, was auf der Festung des Königs geschah. Er hoffte da ganz auf den Vogt.

Er nahm den Grenzweg, um zum Schloss zurückzureiten. Das war der kürzeste Weg.
Der Freiherr war entsetzt über die Zerstörung der Häuser am Grenzweg. Die Menschen sahen ihn teilnahmslos an. Dabei waren sie in der Vergangenheit einiges gewöhnt gewesen. Aber viele von ihnen hatten gerade einmal wieder alles verloren.
Es gab ihm einen Stich ins Herz. Doch was blieb ihm übrig als alles wieder aufbauen zu lassen. Das würde Zeit und noch mehr Geld brauchen. Es blieb aber nichts anderes zu tun.
Arnulf schlief in der nächsten Nacht wie ein Stein. Sein Diener wachte vor der Tür, auf das der Freiherr nicht gestört wurde.
Im Schloss war bis auf das Klappern in der Küche nichts zu hören.

Die Freiherrin überprüfte bis in die Nacht hinein, ob alles sicher war. Sie konnten nur einige zurück gelassene Verwundete finden. Einige verloren sofort ihr Leben. Eine Handvoll Männer wurde ins Schloss gebracht und eingeschlossen. Sie würden ihre Schuld abarbeiten müssen. Der Freiherr musste in den nächsten Tagen nach den Dörfern im Wald sehen. Er wollte wissen, wie es den Menschen dort ergangen war.
Doch noch wichtiger war, was sich in der Festung Sonnenfeld nach seinem Verschwinden noch zugetragen hatte.

Der Vogt

Trotz seiner Müdigkeit ritt Arnulf mit einer kleinen Eskorte am nächsten Tag zum Anwesen des Vogtes. Die Bediensteten wollten ihn jedoch nicht hineinlassen und erklärten besorgt, dass er noch nicht vom Sonnenfeld zurückgekehrt war. Arnulf wusste nicht, was dies zu bedeuten hatte. Er beriet sich mit seinen Begleitern, dann machten sie sich auf den Weg. Er wollte versuchen, die Festung noch in dieser Nacht zu erreichen.
Sie trieben die Pferde an. Auf ihrem Weg begegneten sie noch einigen Söldnern, die sich auf den Heimweg machten. Niemand versuchte Arnulf aufzuhalten.
Nachdem sie einen der neuen Postwege erreicht hatten, kamen sie schneller vorwärts.
Trotzdem war es schon Nacht, als sie die Königsfestung erreichten.

Auf dem Vorfeld konnten sie noch einige wenige intakte Zelte der Belagerer sehen. Dort standen im Schein von Fackeln Soldaten, die Gefangene bewachten. Die hatten den Tag über die Aufgabe die Leichen in ausgehobene Löcher zu werfen. Vorher wurde den Toten alles irgendwie noch wertvolle abgenommen. Das war abstoßend aber üblich.
Der Freiherr wurde erst kurz vor dem Tor aufgehalten.
Die Wachmänner erkannten Arnulf jedoch und winkten ihn in die Festung.
Auf dem Hof wurden einige Türen repariert.
"Wo finde ich den Vogt", fragte Arnulf einen Offizier, den er vom Sehen kannte. Sein Blick fiel auf einen Wagen, auf dem Leichen gestapelt lagen. Es musste auch hinter den Mauern heftig gekämpft worden sein. Viele Soldaten die hier aufräumten, hatten Verwundungen. Einige Gefangene wurden zum Arbeiten geführt. Jede Hand wurde hier gebraucht um die Schäden am Mauerwerk schnell zu beseitigen. Niemand konnte sagen, ob Hagenar es nicht noch einmal versuchen würde, die Festung zu stürmen.
Arnulf stieg die Stufen zu dem Königstrakt hinauf. Dort würde er sicherlich jemanden finden, der ihm Auskunft geben konnte.
Unter den misstrauischen Blicken der Königswache betrat er den Ratssaal.
Dort fand er den Vogt im Gespräch mit einigen Offizieren vor.
Der Vogt sah ihn kurz an und winkte ihn zu sich.

"Wie steht es auf deiner Seite von Bergisch-Bachland", fragte er den Freiherrn schon von weitem. Arnulf winkte ab. "Wir haben im Augenblick Ruhe", antwortete er.
"Von mir kannst du auch keine Hilfe erwarten", fügte der Vogt sogleich vorsorglich hinzu.
"Wir haben die Söldner geschlagen! Wir brauchen Eure Hilfe im Augenblick nicht, Vogt!"
"Ihr erscheint mir etwas überheblich, das steht euch nicht zu, Freiherr", sagte der Vogt scharf.
"Sei dir gegenwärtig, dass wir insgesamt von den Orks gerettet wurden", sagte Arnulf leise zum Vogt. Der sah ihm mit gerunzelten Augenbrauen hinterher.
"Was willst du damit andeuten?"
"Nichts. Ich möchte ganz einfach wissen, wer diese Koalition zusammengeschmiedet hat! Wir haben Söldner aus Wairnasund und von noch weiterher gesehen! Jemand muss ihnen gesagt haben, dass es sich lohnt hierher zu kommen! Das wir zu schwach sind uns zu wehren!"
Der Vogt sagte eine Weile nichts und starrte auf den Tisch vor sich.
"Was hast du den Orks versprochen", fragte der Vogt und sah den Freiherrn eindringlich an.
"Gar nichts, ich habe ihnen gesagt das ich sie respektiere, das ist alles."
"Wie kann man dieses mörderische Vieh respektieren", knurrte der Vogt, eine Ader schwoll an seiner Stirn gefährlich an.

"Unsere Vorfahren haben lange Zeit dafür gekämpft, dass sie hier verschwinden und nicht unsere Frauen und Kinder Nachts aus den Häusern stehlen", sagte er in anklagendem Ton.
"Ich verstehe nicht, was du von mir willst, Vogt. Hätte ich Euch nicht unterstützen sollen?"
"Nicht auf diese Art!"
"Also wäre Euch das lieber gewesen, die Festung wäre erobert und ein neuer Herrscher würde jetzt auf dem Thron sitzen", fragte Arnulf gleichgültig. "War das Euer Plan, Vogt?"
"Sei vorsichtig, mit dem was du sagst", fuhr ihn der Vogt böse an. Er hob drohend den Zeigefinger.
"Die Königin ist noch hier und sie wird dir nicht vergeben", fügte er noch hinzu.
"Sie wird doch für ihren Verrat bestraft werden, oder irre ich mich da sehr?"
Der Vogt lachte kurz auf. Seine Begleiter sahen ihn erstaunt an.
"Sie hat Euren Kopf vom König gefordert", entgegnete der Vogt. Er sah Arnulf amüsiert an.
"Weil ich dem König des Thron gerettet habe?"
Der Freiherr wollte das Gespräch jetzt beenden. Es konnte sonst gut sein, das er die Festung nicht mehr als freier Mann verlassen konnte.
"Weil du dem sterbenden König den Thron gerettet hast", verbesserte der Vogt.
"Über kurz oder lang wird jemand anders hier herrschen. Darauf solltest du dich vorbereiten und pünktlich deine

Abgaben zahlen. Das ist das Einzige was dir den Kopf noch eine Weile retten kann!"
Arnulf sah ein, dass der Vogt im Augenblick auch nur ein Getriebener war. Auch er wusste nicht, was die Zukunft ihm bringen würde.
"Halte die Orks auf Abstand zur Festung, das würde dich nicht mehr so bedrohlich aussehen lassen, für den nächsten Herrn vom Sonnenfeld." Der Vogt sah den Freiherrn starr in die Augen.
Arnulf nickte zweifelnd. "Ich glaube nicht, dass dies in meiner Macht liegt, Vogt! Welche Familie wird denn den nächsten König vom Sonnenfeld stellen? Die Van Ylsten oder die Guldenhulen?" Der Vogt sah Arnulf pikiert an. So etwas durfte man hier, so nahe am König, nicht laut aussprechen! Auch wenn alle, die es anging, das ähnlich sahen.
"Das war ein gut gemeinter Rat, Freiherr", entgegnete der Vogt, ohne seine Frage zu beantworten.
"Sagt, hat der Herrscher nicht noch Angehörige seiner Linie, irgendwo auf dieser Seite der Welt?"
"Sicherlich", erwiderte der Vogt nachdenklich. Er war sich aber offensichtlich nicht ganz sicher. Die Linie der Herrscherfamilie war schon von jeher unübersichtlich und wurde auch stets aus unerklärten Gründen im geheimen gehalten.
Arnulfs Vater hatte, immer wenn er in einer bestimmten Laune war, gesagt, dass in ferner Zukunft noch eine Überraschung auf die Bewohner der Berge wartete. Leider

hatte er das nie näher erklärt. Arnulf hatte dem in jungen Jahren auch nie viel Bedeutung zugemessen.
"Aber im schlimmsten Falle wäre doch seine Frau Königin von Bergisch-Bachland."
Arnulf war sich bewusst, dass dies eine Beleidigung der Königin war. Wahrheit hin oder her. Er musste sich in der Zukunft in dieser Frage etwas zurückhalten!
"Ihr wisst so gut wie ich, dass das Geschlecht der Van Ylsten schon längere Zeit versucht hier Fuß zu fassen. Ich frage mich, ob das in Eurem Sinne ist", Arnulf sah dem Vogt in die Augen. Der antwortete eine Weile nicht darauf.
"Das würde sicherlich nichts zum Besseren wenden", erwiderte er schließlich zögernd. "Unser König versucht das schon längere Zeit zu verhindern. Das hat nur kaum jemand bemerkt. Und dann hast du ja noch den anderen Namen in den Ring geworfen. Auch von dort dürften wir einiges erwarten."
"Deshalb frag ich nach Seiner und Eurer Linie!" Arnulf sah den Vogt an, der sicherlich um seine Pfründe bangte.
"Ich werde hier in diesen Mauern nichts dazu äußern", erwiderte der Vogt mit Bestimmtheit.
Arnulf nickte dazu. Das war ein entscheidender Punkt. wenn man noch eine Weile leben wollte.

Kaum zwei Wochen später erfuhr Arnulf vom Herold, der ihn eigens dafür aufgesuchte, dass er Wulfenghar vom Sterbebett aus seine Frau nach Ylsten verbannt hatte. Sie

sollte zu ihrer Familie zurückkehren. Er wollte sie nicht mehr bei Hofe haben. Ihre Intrigen gegen ihn wollte er ein Ende setzen. Auch seinen Bruder hatte er fortgeschickt. Dann hatte er die Soldaten in Alarmbereitschaft versetzt. Natürlich war das nur für seine restliche Lebensspanne möglich. Danach würde Sylvia sofort wieder das Zepter in die Hand nehmen wollen.
Der König hatte sogar Hagenar untersagt in seinem eigenen Schloss zu wohnen. Er hatte sogar erwägt das Schloss schleifen zu lassen. Niemand auf dem Sonnenfeld glaubte auch nur eine Sekunde an dieses Verbot. Keiner der Adligen in der Festung rechnete damit, dass der König noch den nächsten Winter überleben würde.
Doch schon zwei Wochen später schickte der König eine starke Abteilung zu Hagenars Schloss, um es niederzubrennen.
Hagenar hatte natürlich nicht mit so viel Entschlossenheit seines älteren Bruders gerechnet und wurde ohne große Gegenwehr aus seinem Schloss entfernt. Es kam zu einem kurzen, aber heftigen Scharmützel.
Arnulf hörte mit unbewegtem Gesicht den Ausführungen des Herolds zu. Er konnte nicht glauben, was er vernahm.
"Es kann nur eines bedeuten, der König hat einen Nachfolger in seiner Nähe, dem er den Weg ebnen will. Aber wer sollte das sein?" Der Herold nickte unmerklich und machte dann eine Geste, die wohl Ahnungslosigkeit andeuten sollte.
"Du wirst mir natürlich nicht sagen wer es ist", sagte Arnulf und lächelte den Herold an.

"Ich darf dir nichts sagen. Es steht noch vieles auf dem Spiel. Der Nachfolger hängt noch völlig in der Luft. Das wirst du doch verstehen?"
"Verstehen schon, aber ich kann das nicht gut finden. Das ist doch verständlich?"
"Sicher Freiherr, aber ich persönlich habe wieder Hoffnung für Bergisch-Bachland", erwiderte der Herold und lehrte seinen Becher.
"Es wäre wohl besser, wenn ich einige Männer auf dem Grenzweg hätte, die dafür Sorgen das alles mit rechten Dingen zugeht", schlug der Freiherr vor.
"Die Sicherung der Wege dort am Rand der Berge, obliegt natürlich dir, Freiherr. In dieser Frage zählt der König auf dich!"
Der Freiherr verabschiedete sich und ritt mit seinen Männern vom Hof.
Baptiste betrat wie aufs Stichwort den Raum.
"Würden zehn Mann genügen, um den Grenzweg zu sichern, Herr?"
Baptiste hatte natürlich mitgehört und seine Schlüsse gezogen. Dem Freiherrn gefiel das nicht, aber auch hier hatten Wände Ohren. Dagegen konnte er so gut wie nichts tun.
Die Abteilung verließ im Galopp den Schlosshof. Die Freiherrin stand wenig später neben ihrem Mann.
"Warum sind die Männer so in Eile", fragte sie irritiert. Sie hatte Angst vor einem neuerlichen Angriff.

"Wir wollen doch, das auf dem Grenzweg nichts Unrechtes geschieht", sagte Arnulf diplomatisch.
"Was könnte denn dort passieren", fragte Antje mit unschuldigem Blick.
"Das eine Eskorte vielleicht vom Wege abkommt", erwiderte Arnulf knapp. Er hatte kein gutes Gefühl.
Auch wenn die Kräfte, die gegen den König standen, eine Niederlage erlitten hatten, waren sie immer noch gefährlich. Und die Nähe zu Ylsten ließ ihn sehr exponiert dastehen. Er wäre sicherlich der erste Angriffspunkt für diese Leute.

Seine Sorge erwies sich als nicht unbegründet.
Die Eskorte für Königin Sylvia und Hagenar wurde später ein Stück vor der Grenze nach Ylsten aufgefunden. Die Patrouille hatte angehalten und war abgestiegen. Nachdenklich betrachteten sie die Toten am Grenzweg. Sie waren aus einen Hinterhalt heraus gnadenlos niedergemetzelt worden. Das konnte vieles bedeuten, aber mit Sicherheit nichts Gutes. Also musste das Unternehmen schon auf dem Sonnenfeld mit allen Einzelheiten verraten worden sein.
Von dem Bruder des Königs und Königin Sylvia fehlte jede Spur. Man musste sich jedoch nicht besonders anstrengen, um zu erraten, wohin die beiden geflohen waren. Da die Königin nicht unter den Toten war, konnte das nur eines bedeuten. Sie hatte in Ylsten vor langer Zeit ein Schloss von ihren Eltern geerbt, das sie hin und wieder einmal besuchte. Es hieß Arleengaben und stand im Hinterland von Ylsten. Das

Schloss war mindestens zwei Tagesreisen von Ylstenbyrg entfernt.
Einen Tag später wurde Arnulf darüber informiert. Er nickte sorgenvoll. Mit ähnlichem hatte er gerechnet.
Es war wichtig für ihn und für Bergisch-Bachland zu wissen was Sylvia dort trieb! Es lag auf der Hand, dass sie sich dort mit jemanden traf. Sicherlich hatte auch Hagenar vorerst dort Unterschlupf gefunden. Er war immer ein williger Handlanger gewesen, ohne jemals dafür eine brauchbare Gegenleistung zu erhalten. Das schien ihm irgendwie nicht aufzufallen.
Immerhin war er natürlich auch ein Thronanwärter, der entweder hilfreich war oder im Wege stand!
Arnulf sann nach Möglichkeiten nähere Informationen zu bekommen. Er konnte natürlich ganz unverfänglich Ove, seinen Sohn, in Ylstenbyrg besuchen.
Das sollte nicht zu viel Aufmerksamkeit erregen, denn jeder wusste, dass sein Sohn dort studierte. Jeder der bis drei zählen konnte, würde natürlich erraten, was ein Besuch dort zu bedeuten hatte.
Aber eine Ausrede zu suchen war für ihn nebensächlich.
Arnulf musste die Spur aufnehmen, um zu erkennen, was in naher Zukunft geschehen würde. Es ging diesmal um alles!
Um Bergisch-Bachland, um die Zukunft!
Ove würde sicherlich Bescheid wissen, was in der Festungsstadt geschah. Auch wenn das nicht unproblematisch war, freute er sich auch ein wenig auf ein Wiedersehen mit dem Magister. Natürlich wollte Arnulf auch

wieder einen Blick auf die Gargoyls werfen, die ihm in der Vergangenheit viel Aufregung beschert hatten.
Er würde bei diesem Abstecher seine Frau nach Ylstenbyrg mitnehmen. Das sah erst einmal unverfänglich aus.

Das Fernrohr

Der Freiherr stieg langsam die knarrenden Treppen bis ganz nach oben und nahm sein neues Fernrohr aus dem Futteral. Kritisch beäugte er es von allen Seiten.
Sorgfältig wischte er das Instrument mit einem weichen Leinentuch ab. Dann hielt er es vor sein Auge. Langsam ließ er seinen Blick über die Ebene von Ylsten schweifen. Hier und da verweilte sein Auge etwas länger.
Er verstand, warum die Herrscher aus Wairnasund so auf ihre Erfindung achteten. Doch man konnte den Fortschritt nicht lange für sich allein behalten. Schon gar nicht so eine wichtige Erfindung.
Sein Auge suchte die Festungsstadt. Langsam führte er das Rohr in die Richtung, bis er auf die Festungsmauern traf.
Der Freiherr stellte das Fernrohr scharf und hatte das Haupttor von Ylstenbyrg im Blick. Er sah nur kleine Figuren und Pferdewagen, aber er wusste nun Bescheid, was dort vor sich ging. Das war entscheidend. In einigen Tagen würde er wahrscheinlich selbst dort stehen und wer konnte schon wissen, wer dann vielleicht sein Fernrohr auf ihn, den Freiherrn, gerichtet hatte?

Anmerkung des Autors

Einige Hinweise am Beginn der Geschichte beziehen sich auf Arnulfs erstes Abenteuer "Der Rhunyx"

Printed in Poland
by Amazon Fulfillment
Poland Sp. z o.o., Wrocław

91171670R00094